なんで
中学生のときに
読んで
おかなかったん
だろう…

現代用語の基礎知識・編

おとなの楽習

16

日本の名作おさらい

自由国民社

装画・ささめやゆき
挿画・コヅカクミコ

はじめに

学校の図書館で、ふと手に取ったその本。風格すら持つ装丁が目を引きます。本の背には「舞姫——森鷗外《もりおうがい》」。

特に何が気になったというわけではないけれど、書名は知ってる。ぱらぱらとページをめくり、さわりを読んでみた。

—— 石炭をば早や積み果てつ。中等室の卓のほとりはいと静にて、熾熱燈《しねつとう》の光の晴れがましきも徒《いたずら》なり。今宵は夜《よ》毎《ごと》にここに集ひ来る骨牌《かるた》仲間も…… ——

……何が書いてあるのか、さっぱり分からない。なんかとっつきにくいし。そっと、本棚にもどした。

そんな経験を学生の頃《ころ》にしませんでしたか？　仮名遣いも難しいし、風俗も現代と違う。結局、名作と呼ばれる作品については読まず仕舞いで今に至る。

私たちが生まれる前から、人間は数多くの小説を生み出してきました。数多《あまた》の主人公の生き様が、考え方が、人生観が……生み出されてきたのです。

そんな中でも、「名作」と呼ばれる作品を集めたのが本書です。

あらすじでまとめています。とっつきにくさは抜きにして、純粋に、その「物語」を楽しんでください。浪子《なみこ》の悲恋、貫一《かんいち》の執念、あなたの心は何を感じるでしょう。

名作をかつて読んだことがあるあなた、まとめてもう一度読んでみませんか？　色あせた想い出は鮮やかな色彩で蘇《よみがえ》り、あなたの人生をより豊かに彩るでしょう。

名作を読んだことのないあなた、「書名を知っている」名作は数あれど、「内容まで知っている」名作は数少ない、そんな自分から、卒業しましょう。

今からでも遅くはない。

いや、「知りたい」と、本書を手に取った今こそが、始めるときにふさわしい！

あなたの心の琴線に触れる作品が多くありますように。

名作のおさらいのはじまりです。

もくじ

大正編

昭和編

江戸編

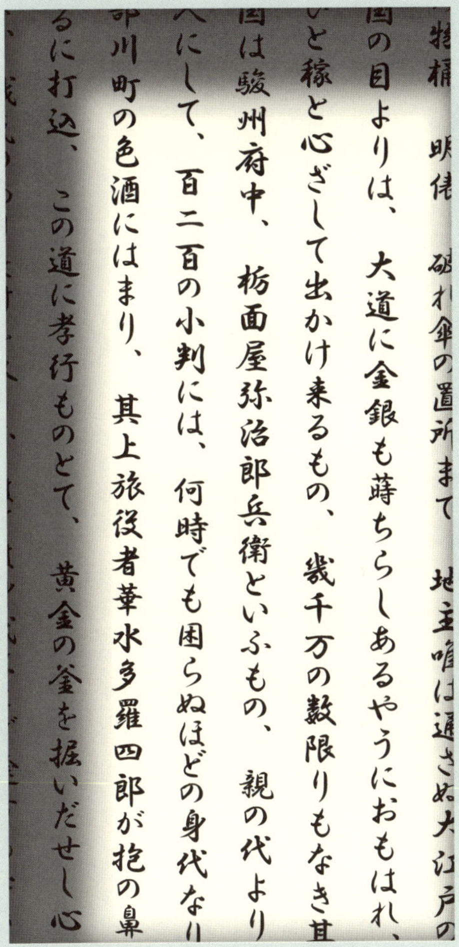
桶　俵　破れ傘の置所まで　地主唯は通さぬ大江戸の
国の目よりは、大道に金銀も蒔ちらしあるやうにおもはれ、
ひと稼と心ざして出かけ来るもの、幾千万の数限りもなき甘
国は駿州府中、栃面屋弥治郎兵衛といふもの、親の代より
へにして、百二百の小判には、何時でも困らぬほどの身代なり
部川町の色酒にはまり、其上旅役者華水多羅四郎が抱の鼻
るに打込、この道に孝行ものとて、黄金の釜を掘いだせし心

『東海道中膝栗毛』より

江戸期文学年表

1623	安楽庵策伝『醒睡笑』	
	※成立を1628年とする説もある。	
1651	浅井了意『浮世物語』	
1682	井原西鶴『好色一代男』	仮名草子の流行
1688	井原西鶴『日本永代蔵』	
1692	井原西鶴『世間胸算用』	浮世草子の流行
1702	松尾芭蕉『おくの細道』	蕉風俳諧の確立
1703	近松門左衛門『曾根崎心中』	人形浄瑠璃の流行
1715	近松門左衛門『国性爺合戦』	
1775	恋川春町『金々先生栄花の夢』	前期読本の流行
1776	上田秋成『雨月物語』	黄表紙の流行
1785	山東京伝『江戸生艶気樺焼』	洒落本の流行
1787	山東京伝『通言総籬』	
		天明期　俳諧の中興
1802	十返舎一九『東海道中膝栗毛』	
	※1802～20年代にかけて刊行。	滑稽本の流行
1808	上田秋成『春雨物語』	
1809	式亭三馬『浮世風呂』	
～13		後期読本の流行
1813	式亭三馬『浮世床』	
1814	滝沢馬琴『南総里見八犬伝』	
～42		
1829	柳亭種彦『偐紫田舎源氏』	月並俳諧の流行
～42		合巻の流行
1832	為永春水『春色梅児誉美』	
		人情本の流行

江戸期の初期には啓蒙・教訓を目的に、読みやすい仮名文字で書かれた**仮名草紙**が流行した。次に登場したのが、**浮世草子**である。旧来、つらい世（憂き世）と見なされていた現世を、人生を楽しむ世界(浮き世)と考え、生き生きとした町人の活動などを描いた。代表的な作家は、**井原西鶴**《いはらさいかく》。同時期に活躍したのが、人形浄瑠璃《じょうるり》の脚本で名を成した**近松門左衛門**《ちかまつもんざえもん》である。

読本《よみほん》は最初、上方を中心に、マンネリ化した八文字屋本《はちもんじやほん》（浮世草子を引き継いだ作品群）に対抗する形で登場した。この前期読本の代表的作家は上田秋成《うえだあきなり》である。

その後、江戸に中心を移して発展したのが後期読本で、その最高傑作は、**滝沢馬琴**《たきざわばきん》の『**南総里見八犬伝**《なんそうさとみはっけんでん》』であるとされる。

また、絵入りの小説である**草双紙**も多く読まれた。子供向きの赤本から始まり、大人向きに演劇のあらすじなどを辿《たど》る黒本・青本を経て、風俗を写実的に描いた**黄表紙**に至る。黄表紙の代表的な作家は、恋川春町《こいかわはるまち》や山東京伝《さんとうきょうでん》である。その後、長編化が進み、数冊を合冊して出版する合巻《ごうかん》が登場。その最高傑作は柳亭種彦《りゅうていたねひこ》の『偐紫田舎源氏《にせむらさきいなかげんじ》』とされる。

ほかにも笑いを目的とした滑稽本《こっけいぼん》（**十返舎一九**《じっぺんしゃいっく》・**式亭三馬**《しきていさんば》）、遊里を舞台にした**洒落本**（山東京伝）、読本の構成と洒落本の風俗描写をあわせ持つ**人情本**（為永春水《ためながしゅんすい》）などのジャンルが成立した。

俳諧（俳句）は**松尾芭蕉**《まつおばしょう》により大成され、天明期には与謝蕪村《よさぶそん》、幕末には小林一茶《こばやしいっさ》が活躍した。

南総里見八犬伝

畜生を良人《おっと》とし妻とせらる、例《ためし》を聞かず。

滝沢馬琴——

滝沢馬琴

江戸後期の戯作者。曲亭馬琴ともいう。山東京伝に師事し小説を書き始め、後に読本に移る。

『南総里見八犬伝』は馬琴晩年の大作であり、完成に二十八年もの年月を費やした。その間、馬琴は失明という不運に見舞われている。それでもあきらめず、息子の嫁である路に口述筆記させ、完成させた作品である。

室町時代後期。下総結城《しもうさゆうき》で合戦が起こる。

落城寸前だった結城城から里見義実《さとみよしざね》が脱出する。脱出した義実は安房《あわ》国にたどり着き、領主となる。やがて伏姫《ふせひめ》と義成《よしなり》という子をもうけた。

ある時、役行者が現れ、伏姫にお守りとして数珠を授ける。数珠の大玉には「仁・義・礼・智・忠・信・孝・悌」の八字がそれぞれ刻まれていた。

またそのころ、狸《たぬき》に育てられたという大きな犬が里見家にやってくる。この犬は体に牡丹《ぼたん》のような模様が八つあったため、八房《やつふさ》と名付けられた。

伏姫が十六歳になった年、飢饉《ききん》に見舞われる。また、それに便乗して攻めてきた隣国との戦になる。

追いつめられた義実は八房に冗談を言った。隣国の大将の首を取ってきたら伏姫をやろう、と。すると、八房は本当に首を取ってきたのである。そのつもりがなかった義実はうろたえ、八房を殺そうとした。だが伏姫は、君主が一度口にしたことは取り消せないと言い、自ら進んで八房と一緒に富山の山奥にこもる。

二年後、経を読んで静かに暮らしていた伏姫のお腹が大きくなる。神童が現れて言うには、八房の思いが伏姫に八匹の子をもたらした、という。伏姫は宿命を感じ、八房とともに川へ身を投げようとする。その時、八房が鉄砲で撃たれる。

撃ったのは金碗大輔《かなまりだいすけ》である。大輔は伏姫の婿にと思われていた忠臣であった。伏姫は自らの身の潔白を証明するため、腹を切る。すると、腹から気が立ちのぼり、数珠の大玉を包んで天空に飛び散った。

義実は大輔に八つの玉の行方を追うよう命令する。大輔は僧となり、丶大《ちゅだい》と名を改めて旅に出た。

八つの玉が飛び散り、二十年近くが過ぎた。

十歳の犬塚信乃《いぬづかしの》は、父の死により伯母夫婦に預けられる。その時飼っていた犬から「孝」と書かれた玉が飛び出した。また、その玉が左腕に当たり、牡丹のようなあざができる。

伯母の家には犬川荘助《いぬかわそうすけ》という下男がいた。彼も「義」の玉を持ち、背中に牡丹のあざがあった。これを知った信乃は、荘助と義兄弟の約束をする。
八年後、信乃は公方である、足利成氏《あしかがなりうじ》に宝刀村雨丸《むらさめまる》を返上するために旅立つ。しかし、伯母夫婦から偽物《にせもの》を持たされ、犬飼《いぬかい》現八《げんぱち》に召し捕られそうになるが、共に小舟に落ちてしまう。
荘介は信乃を見送った帰りに、犬山道節《いぬやまどうせつ》に出会う。彼は扇谷《おうぎがやつ》定正《さだまさ》を主君の敵と狙《ねら》っていた。道節は後に「忠」の玉を持ち、肩にあざのある人物であることが分かる。
気を失った信乃と現八は宿屋の主人に助けられる。その宿屋で、現八も「信」の玉を持っており、頬《ほお》にあざがあることが分かる。さらに、宿屋の息子犬田小文吾《いぬたこぶんご》、小文吾の甥《おい》の犬江親兵衛《いぬえしんべえ》もそれぞれあざがあり、玉を持っていることが分かった。小文吾は「悌」の玉を持ち、あざは尻《しり》、親兵衛は「仁」の玉を持ち、あざは脇腹《わきばら》にあった。そして、その宿に泊まっていた丶大《ちゅだい》から、玉とあざの由来を聞かされるのである。だが、この直後、親兵衛は神隠しにあってしまう。
荘助は、信乃の伯母夫婦を殺したという濡《ぬ》れ衣を着せられ、捕らえられていた。
信乃、現八、小文吾は道節の家来であった人物の手助けで荘助を助け出す。「忠」の玉を持つ道節を探しに旅に出た四人だったが、扇谷定正の軍に取り囲まれ、ちりぢりになる。
ちりぢりになった犬士達は再び会うことを願い、それぞれに旅を始めた。
小文吾は旦開野《あさけの》という踊り子と出会う。

だが、女だと思っていた旦開野は実は男だった。本当の名を犬坂毛野《いぬさかけの》といい、親の敵を討ってきたところだと言った。二人はその屋敷から逃げる時にばらばらになってしまう。

三年後、小文吾は毛野と再会するが、このとき初めて毛野が犬士であることを知る。毛野は「智」の玉を持ち、右腕にあざがあった。

犬飼現八は「礼」の玉を持ち、尻と左脇腹にあざのある犬村《いぬむら》大角《だいかく》と出会う。二人は大角の父に化けた化け猫を退治することになる。

信乃、荘助、現八、大角、小文吾、毛野の六人はやっと再会を果たした。その時、毛野はもう一人の親の敵を狙っているところだった。それは扇谷定正の家臣、籠山縁連《こみやまよりつら》だった。

敵討ちが行われる鈴茂森で、他の犬士の助太刀もあって、毛野は無事、本懐をとげる。だが、家臣を助けるためにやってきた定正の軍勢に取り囲まれる。

その時、定正を狙っていた犬山道節が現れ、定正軍をけちらした。しかし、もう少しのところで定正を逃がしてしまうのであった。

これですべての犬士がそろった。しかし、神隠しにあった親兵衛の行方は分かっていなかった。

七人の犬士が武蔵穂北《むさしほきた》の荘に集まっていた頃《ころ》、里見家では大事件が起きていた。

里見の跡取りである義通《よしみち》が、上総館山《かずさたてやま》城主蟇田素藤《ひきたもとふじ》に捕らわれたのである。交換条件は里見の姫である浜路姫《はまじひめ》と結婚させろというものだった。

窮地に陥った伏姫の弟である、現当主の義成は、ふと伏姫の墓参りをする。そこで暴漢に襲われるが、それを助けたのが、行方不明になっていた親兵衛であった。

親兵衛は伏姫の神力で育てられていたのである。

親兵衛はすぐ素藤をとらえ、義通を救い出す。だが、素藤は妙椿《みょうちん》という謎《なぞ》の尼の力で館山城を奪い返す。しかし、再び親兵衛に倒されてしまう。その時親兵衛は、妙椿から甕襲《みかそ》の玉というものを手に入れた。これで八犬士が揃《そろ》うのである。八犬士は全員里見家に仕えることとなる。

将軍を補佐し、幕府の政務を統括する管領扇谷定正は、これまでのことから八犬士に大きな恨みを持っていた。そして八犬士が全員里見家に仕えたことを知り、里見家の討伐を決意する。管領山内顕定《やまうちあきさだ》や公方足利成氏を誘い、また関東甲信越の諸大名に声をかけ、大連合軍を結成する。

里見家では犬坂毛野を軍師として、着々と迎え撃つ準備を始めた。

毛野は丶大《ちゅだい》と犬村大角を敵陣に送り込んだ。

二人は風を操ることができる甕襲の玉を使い、定正たちの信頼を得た。丶大《ちゅだい》はこの甕襲の玉を使って追い風を起こし、里見の水軍を焼き討ちにする計画を進言した。また、里見の内部情報から、水軍の総攻撃の日を定正にもらしたのである。

陸上ではすでに戦いが始まっていた。

犬川荘助と犬田小文吾は今井と妙見嶋《みょうけんじま》の柵《さく》を落とす。さらに、千葉自胤《ちばよりたね》が率いる連合軍二万五千の兵をたった六、七千の兵で破り、自胤を捕虜とする。

犬塚信乃と犬飼現八は一万二千の兵で、四万の顕定・成氏軍に立ち向かう。

連合軍は、大きな車を鎧《よろい》を付けた複数の馬で引かせる戦車を使う。里見はこれに苦戦を強いられる。だが、たくさんの猪《いのしし》に松明をくくりつけ、敵陣に走り込ませる「火猪の計」で形勢を逆転させる。その上、京都で足止めされていた犬江親兵衛も駆けつけ、撃破する。

ヽ大《ちゅだい》の進言した日になり、定正が率いる五万の水軍は、総大将里見義成や、毛野、犬山道節がいる洲崎を襲う。ヽ大《ちゅだい》が甕襲の玉を使って風を起こす。だが、追い風が起こるはずが、逆風になってしまう。すべて毛野の計略であった。連合軍は炎につつまれ、壊滅してしまうのである。

その後、八犬士はそれぞれ朝廷より官位を授かり、里見の姫たちと結婚し、一城の主となる。後に富山に隠棲《いんせい》する。その後、仙人となって姿を消したという。

鴫《しぎ》たつ沢の夕暮《ゆうぐれ》に愛《めで》て、仲の町の
夕景色をしらざる時のことなりし。

東海道中膝栗毛

十返舎一九――

十返舎一九

江戸後期の戯作者。駿府（今の静岡県）生まれ。武士の出で、本名を重田貞一といった。仕えていた小田切土佐守が大坂町奉行になったため、大坂へ一緒に行ったが、ほどなく浪人する。義太夫語りの家に寄食し、近松余七という名前で浄瑠璃作家となる。のちに江戸へ行き、地本問屋蔦屋重三郎の家に寄食して戯作を書き始める。『東海道中膝栗毛』がヒットし、作家としての地位を固めた。

栃面屋弥次郎兵衛《とちめんややじろべえ》は駿府《すんぷ》の生まれで、家は大きな商家だった。

金に困らなかった彼は、生まれついての遊び人であった。酒や女に夢中になり、そのうち旅芝居の華水多羅四郎《はなみずたらしろう》一座にいた鼻之助《はなのすけ》という役者に入れあげる。

遊び続けたあげく、弥次郎兵衛は店の金に手をつけ、商売を損させてしまう。とがめられた弥次郎兵衛は鼻之助を連れて、まるで駆け落ちするかのように夜逃げをした。二人は江戸へ向かった。

弥次郎兵衛は神田《かんだ》八丁堀近くに家を借りる。わずかな蓄えも瞬く間に使い果たしてしまった。そこで、弥次郎兵衛は鼻之助を商家に奉公に出すことにした。鼻之助は喜多八《きたはち》と名前を改めて勤めだす。喜多八は仕事ができたので、たちまち主人に気に入られた。

一方、弥次郎兵衛は昔覚えた絵を描き、売って暮らしていた。だが、儲《もう》けた金がなくなるのに時間はかからなかった。

弥次郎兵衛は身の回りのこともままならず、あまりにひどい状態であった。そこで、近所の飲み友達が嫁をもらえと言い、おふつという女を紹介した。

彼女は決して器量よしではなかったが、働き者だった。

家の中、身の回りの世話はもちろん、和裁の内職で生計を立て、弥次郎兵衛に尽くした。さすがの弥次郎兵衛もおとなしくなり、しばらくは落ち着いた暮らしぶりとなった。

だが、平和な時が長く続くと、弥次郎兵衛は次第につまらなくなってくる。結局、元のだらしない生活に逆戻りしてしまった。

ある日、おふつは、弥次郎兵衛が頻繁に喜多八と会うため、その理由を聞いてみた。すると、店の金を使い込んだ、主人に知られるとクビにされるから十五両貸してほしいという相談を受けているとのことだったのである。

だが、実はこの話には続きがあった。

今、主人が病気で、あと、何日もつか分からない状態だった。この主人には若い奥さんがいる。この奥さんは喜多八に気があるらしい。後家さんとなったこの奥さんと結婚すれば、店の財産が手に入る、だからどうしてもクビになるわけにはいかない、という算段を喜多八はしていたのである。
　その話を聞いて、うまくことが運べば、自分にもおこぼれがまわってくる、と弥次郎兵衛は考えていたのである。
　そこへ三十近い女をつれた侍がやってくる。
　女は侍の妹である。三人には面識があった。弥次郎兵衛が駿府にいた頃《ころ》、この女と戯れに結婚の約束をした。女は、一度決めた相手と添い遂げることが女の道、と心得ていた。それ以来女は、弥次郎兵衛のところ以外嫁に行く気はない、と言い張っていた。
　ある時、侍の同僚から女を嫁にもらいたいと申し出があった。結納まで交わしたにもかかわらず、女はやはり、弥次郎兵衛以外と添い遂げる気はない、と頑《かたく》なに拒んだ。困ったのは兄である。兄は、同僚に申し訳ないから、妹の首を取り、それを持ってきて詫《わ》びると同僚に伝えた。だが、同僚もそれは困るから、果たし合いで決着をつけようということになった。
　しかし、その話を聞いた家老が仲裁に入った。女の心持ちをほめ、女の好きなようにさせてやりなさい、と言うので、仕方なく侍は弥次郎兵衛のところに連れてきたのである。
　だが、来てみればすでに弥次郎兵衛には女房がいる。困った侍は、弥次郎兵衛に縄をかけて駿府に連れて行き、家老の前で同僚に引き渡すしかない、と言いだした。
　弥次郎兵衛は開き直る。今の女房を捨てて、その女とは結婚できない。それなら、自分の身を勝手にしろと啖呵《たんか》を切った。

それを聞いていたおふつは「離縁してください」と頼み込む。そして、弥次郎兵衛が侍に切られるなら、その前に私が死ぬとまで言い出した。弥次郎兵衛の啖呵に心打たれたのである。

そこまで思い詰めたおふつを見た弥次郎兵衛は、離縁状を書き、二人は泣く泣く別れる。

おふつが出て行った後、三人はため息をついた。すべては弥次郎兵衛がおふつと離縁するための芝居だったのである。

喜多八から十五両の金を無心をされたとき、侍役だった行商人の芋七《いもしち》からある話を聞いた。

とあるご隠居が腰元に手をつけてしまった。子供たちに知られないように、よそへ密《ひそ》かに預けていた。だが、もし腰元が妊娠していたら問題になる。そこで、持参金をつけるから、嫁入りの世話をしてほしい、と芋七に頼んだのである。

もし、弥次郎兵衛に嫁がいなかった場合、その腰元をもらえば十五両が手に入る。その十五両で喜多八はクビにならずに済む。その上、後家さんとめでたく結婚できれば、店の財産を自由にすることができる、と弥次郎兵衛は考えたのである。そのため、芋七と女の手を借り、一芝居打ったわけである。

腰元はじきやってくるという。しばらくすると、宵闇《よいやみ》に紛れて籠《かご》が到着した。中から大きな腹をした腰元が降りてきた。名前はお壷《つぼ》という。

芋七と女に手伝ってもらい、簡単な祝言《しゅうげん》を挙げた。だが、一向に十五両の話が出てこないので、どうなっているのかと弥次郎兵衛は芋七に耳打ちした。芋七は明日ご隠居が持ってくると言う。

二人が寝ようとしたときに、戸をたたく音がした。

おふつがうそに気がついて、戻ってきたのかと思った弥次郎兵衛は、お壷に嘘《うそ》を言い、半櫃《はんびつ》の中に隠した。

戸を開けると喜多八が立っていた。喜多八は金が心配で念を押しに来たのである。十五両は明日必要な金だったのだ。

すると、半櫃の中から「生まれそうだ」というお壷の声がした。びっくりして喜多八が半櫃をあけると、お壷は喜多八を見て顔をほころばせた。

真相はこうだった。

お壷は喜多八の店で働いていた。喜多八は嫌がるお壷をくどき落とし、関係をもってしまう。そのとき子供ができてしまった。お壷は実家に帰ることもできず、いずれ喜多八と結婚するということで、よその家に預けられていたと言う。だが、店の主人にばれては困るので、持参金十五両をつけて嫁に出すことにしたのである。

つまり、ばれてはいけないことは、使い込みではなく、お壷の妊娠。喜多八が用意したかった十五両は、店の金の穴埋めではなく、お壷を嫁に出すための持参金だったのである。

女房まで追い出してしまい、さすがに頭にきた弥次郎兵衛は、喜多八に殴りかかる。喜多八も殴り返し、とっくみあいになる。その横でお壷は産気づき、苦しみのたうちまわっていた。苦しみ抜いたあげく、お壷は気を失ってしまった。

我に返った二人はお壷に駆け寄ったが、遅かった。お壷は息を引き取った後であった。喜多八は弥次郎兵衛に坊主を呼んできてほしい、といって金を渡した。

その時、喜多八の同僚が訪ねてくる。主人が亡くなった報告だった。それを聞いて、店が手に入ると思った喜多八は喜んだ。

しかし、同僚は喜多八にクビを言いわたす。後家は喜多八の魂胆を見抜いていた。そしてクビにしたのである。

すべてのもくろみがはずれた二人は、とにかくまずお壷を弔うことにした。

そして弔いのすべてが終わった後、弥次郎兵衛が言った。厄落としの旅に出ないか、と。

駿府で放蕩三昧《ほうとうざんまい》をしたあげく、夜逃げ同然で江戸に出てきた。だが、江戸での生活もまともに送ることができない。いっそ、流れに身を任せてみようか、というのである。

目的はお伊勢《いせ》参りとだけ定めて、二人は旅に出るのであった。

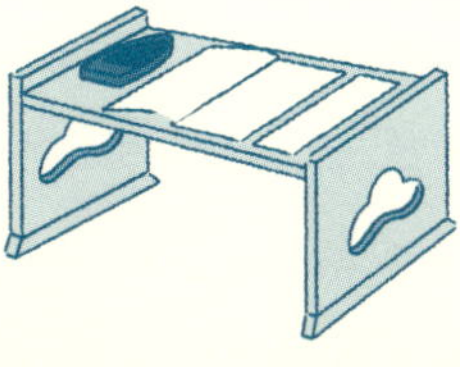

上田秋成

本名、上田東作。摂津国（現・大阪府）の商家に生まれた、江戸後期の歌人、読本作家。国学者としても知られ、本居宣長と論争をしたとされている。また、医学も学び、大阪で開業した。代表作に『雨月物語』『春雨物語』がある。

『雨月物語』は、怪奇小説として評価が高い。

かの僧の鬼になりつること、
過去の因縁にてぞあらめ。

雨月物語

上田秋成――

『雨月物語』は、「白峯《しらみね》」以下九話から成る。

「白峯」

仁安《にんあん》三年、西行《さいぎょう》は西国を旅し、讃岐《さぬき》の真尾坂《みおざか》の林に滞在することとなった。近くの白峯というところに崇徳《すとく》上皇の御陵がある。訪ねてみた西行は、荒れ果てた様子に心を痛め、和歌を捧げ読経を続ける。そこに、異形の姿が現れた。崇徳上皇の怨霊《おんりょう》であった。「なぜ成仏なさらず、さまよっておられるのですか」と西行は成仏を説くが、怨霊は「近頃《ちかごろ》の世が乱れているのは、自分が操っているためである」と答え、恐ろしい魔王へと姿を変える。さらに怪鳥を呼び寄せ、「平家も、この目の前の海で滅ぼしてくれようぞ」と宣言するのだった。

魔道のあさましさに思い余った西行が、成仏を願う和歌を一首詠みあげると、上皇の怨霊は消えてしまった。その後平家一門が壇ノ浦で滅亡したが、すべて上皇のお言葉通りであった。

「菊花の約《ちぎり》」

播磨《はりま》の国に住む学者、丈部左門《はせべさもん》は、知人の家を訪ねた時、赤穴宗右衛門《あかなそうえもん》という武士と知り合った。二人は親しくなり、義兄弟の契りを結んだ。

赤穴は、いったん故郷の出雲《いずも》に帰ることになった。「播磨にはいつ」と尋ねる左門に、赤穴は、「九月九日、重陽《ちょうよう》の節句に」と答える。月日が過ぎ、約束の日、待ちわびる左門のもとに赤穴が現れた。喜んで迎える左門に、赤穴はこう語った。「実は私はもう、この世の者ではない。出雲で従兄によって幽閉され、播磨に戻れなくなった。死者の魂は千里を飛ぶとか。そこで、君との約束を果たすため自刃《じじん》し、魂となってやってきたのだ」。そのまま赤穴の姿は、ふっと消えてしまった。

後に左門は出雲を訪ね、赤穴を幽閉した男を切り殺した。

「浅茅《あさじ》が宿」

下総《しもうさ》の国に住む勝四郎は、商売をしようと、妻を残して京に上った。商売は上手くいったが、帰途、山賊に財を奪われ、近江《おうみ》で熱病にかかって、そのまま七年を過ごしてしまう。

その後、勝四郎はようやく下総に帰り、やつれ果てた妻と再会を喜び合う。しかし、翌朝目覚めてみると、家は荒れ果て、妻の姿はどこにもなかった。近所の者から、妻がすでに死んでいたことを知らされた勝四郎は、「それでは昨日自分が語り合ったのは亡霊であったのか」と、涙にくれるばかりであった。

「夢応《むおう》の鯉魚《りぎょ》」

三井寺の僧、興義《こうぎ》は、絵がうまく、特に魚を描くのを好んだが、あるとき病にかかり死んでしまった。ところが、胸のあたりだけが、ほのかに温かい。もしや生き返るのではと、弟子・友人が見守っていると、三日目に息を吹き返した。

興義が語った話によれば、夢の中で魚となり、湖中を泳ぎ回っていたという。そして近所の者に釣られ、料理される寸前で人に戻り、眼《め》が醒《さ》めたとのこと。確かめてみると、その言葉通り、近所でちょうど魚を料理しようとするところだった。

その後、興義は天寿を全うした。臨終の際、描いた絵を湖に散らしたところ、絵から魚が抜け出て行ったとのことである。

「仏法僧」

伊勢《いせ》の国の人、夢然《むぜん》は、末子の作之治《さくのじ》を連れて高野山に参詣した。その晩は、野宿をすることになった。仏法僧という鳥の声を聞きながら、弘法大師《こうぼうたいし》の徳を慕い、俳諧の発句を練っていると、貴人の行列が近づいてきた。「こんな夜中に、どなたが参詣なさるのか」。あわてて身を隠そうとしたが、見つかってしまった。

「さきほど口ずさんでいた俳諧の発句を、殿下に申し上げよ」。「殿下と仰せられますのは、どなたでいらっしゃいますか」と、夢然が尋ねると、「関白秀次《ひでつぐ》公であらせられる」との答え。貴人は、高野山で死んだ秀次の亡霊であった。夢然、作之治の二人は、悪鬼と化した秀次に、修羅界に引き入れられそうになるが、やっとのことで逃れることができた。

「吉備津《きびつ》の釜」

吉備の国の豪農、井沢氏の息子正太郎は、ひどい放蕩者であった。結婚させれば落ち着くかと、両親は吉備津神社の神官の娘、磯良《いそら》との縁談を進めた。神官は幸運を神に祈り、神事、御《み》釜祓《かまばらい》を執り行う。結果は凶。しかし、結納も取り交わした後のこと、凶と出たのは下級の神職が身を清めていなかったためと、婚儀は予定通り行われた。

はじめのうちこそ身を慎しんでいた正太郎だが、次第に本性を現し、最後には袖《そで》という名の遊女と村を出奔してしまった。残された磯良は悲しみと落胆から病に臥してしまう。一方、正太郎と袖は知人のもとに身を寄せるが、すぐに袖が、不思議な病で死んでしまった。正太郎は嘆き悲しんだが、墓参りをきっかけに、また別の女と知り合うこととなる。ところが、その女は、実は磯良の死霊であった。「これまでの報《むく》い、どれほどのものか、きっとお教えいたしましょうぞ」。

陰陽師《おんみょうじ》に助けを求めた正太郎は、四十二日間の物忌みを命じられる。言いつけ通り家に閉じこもるものの、夜毎、外では死霊のすさまじい声が響き、生きた心地もない。そして最後の日、ようやく夜が明けたと、正太郎が喜んで外に出た途端、恐ろしい叫び声がした。異変に気づいた知人が駆けつけると、明けたはずの夜はまだ明けず、正太郎の姿も見えない。残っているのは、家の壁にべったりとついた血と、軒先にぶら下がっている男の髪の髻《もとどり》だけであった。

「蛇性《じゃせい》の婬《いん》」

紀伊《きい》の国の豊かな漁師の家の次男に、豊雄《とよお》という者がいた。ある時、真女児《まなご》という若い未亡人と知り合った。豊雄はその美しさに惹《ひ》かれるが、実は真女児は人ではなく、妖魔であった。

真女児は、紀伊の国を離れた豊雄につきまとい、とうとう妻の座におさまってしまう。しかし神社仕えの老人が、その正体を大蛇の邪神であると見破り、追い払ってくれた。

豊雄は紀伊の国に戻り、富子という娘を妻にする。ところが、この娘にも、真女児が乗り移ってしまった。退治しようとした僧は逆に殺され、豊雄はもう、この邪神からは逃れられないと観念する。だが、道成寺の法海和尚の力によって、真女児は白蛇の正体を現し、ついに封じ込められることとなった。その後、富子は病死したが、豊雄は天寿を全うしたと伝えられる。

「青頭巾」

快庵《かいあん》禅師は高徳の上人であった。下野《しもつけ》の国を旅した時、一夜の宿を求めようとしたところ、村の者に鬼と間違われた。訳を尋ねると、こんな話である。「この里の近くの山に寺があり、立派な住職がいた。ところが、可愛がっていた小姓の稚児が病死したのを惜しむあまり、死体に添い寝し、次にはその死体を食らって、とうとう鬼になってしまった」。

翌日、快庵は山の寺を訪れた。鬼は最初、快庵を食おうとしたが、やがてあきらめ、救いを求めた。快庵は青い頭巾と、禅の教えを説いた詩二句を授けた。翌年、快庵は再び、その寺を訪ねた。鬼は影のように痩《や》せ、頭巾をかぶり、二句の詩を唱え続けていた。快庵が杖で一撃すると、たちまち鬼の姿は消え失せ、あとに残ったのはただ、白骨と青い頭巾だけであった。

「貧福論《ひんぷくろん》」

陸奥《むつ》の国の武士、岡左内《おかさない》は、金銭を尊ぶ人であった。はじめは陰口をきく者もいたが、左内が「金銭を蓄えるのは、戦に備える武士の心得である」と考えていることが分かってからは、人々は当世の一奇人ともてはやした。

ある夜、左内の枕もとに黄金の精霊が現れ、二人は金銭について問答をした。精霊が「金銭は清らかなものである。欲の深い者のところだけに集まる、というわけのものではない」と言えば、左内は「それはもっともなこと。しかし、富める者に貪欲・残忍な者が多いというのも事実」と反論。精霊は、「金銭は神仏ではないから、善悪に捕らわれるものではない」と答える。その後、話は武将の力量、天下の行方へと移り、精霊は「豊臣《とよとみ》の世は長くはない」と予言して、夜明けと共に消えてしまった。

浮世風呂

五日の風静かなれば早仕舞の牌を出さず。十日の雨穏やかなれば傘の樽《たる》をも出さず。

式亭三馬

江戸後期の作家。薬商を営みながら作品を書き続けた。

風呂《ふろ》は庶民の社交場である。

もうすぐ朝風呂が始まる。豚七は早く開けろと戸をたたく。少し舌の回らない豚七を若者がからかう。ようやく湯屋の戸が開き、朝風呂が始まる。

隠居が丁稚《でっち》を連れてやってきて、客のぴんすけと昨日の地震を語り合う。そこへ、子供を二人連れた金兵衛がやってくる。子供たちの面倒を見ながら、徳蔵と昨日の話で盛り上がる。脱衣所では医者は隠居に病気について説明する。こちらでは、八兵衛と松右衛門が零落した地主の話で盛り上がっていた。

そうこうしているうちに一番風呂に入っていた豚七が、のぼせて目を回し大騒ぎになってしまう。

日本永代蔵

天道もの言ずして、國土に恵みふかし。人は実あつて、偽りおほし。

井原西鶴

江戸中期の俳人・作家。俳句では矢数俳諧を得意としていた。

一代で金持ちになった藤市という人は利口者である。

ある日、知人が、自分の息子たちに長者になるための心構えを指南してやってほしい、と言って藤市のもとへよこした。

客を迎えた後、台所から音が聞こえたので、三人の客は「皮鯨の吸い物」「正月だから雑煮」「煮麺」と当て推量をし始めた。やがて藤市が席に着き、三人に長者になる心構えを語った。

話の最後に藤市は、「夜食でも出そうな時分だが、それを出さないのが長者になる秘訣だ」と言った。台所では大福帳の表紙に使う糊を作らせていたのである。

曾根崎心中

此《こ》の世のなごり。夜もなごり。死にゆく身をたとふれば、あだしが原の道の霜。

近松門左衛門

江戸中期の浄瑠璃・歌舞伎作家。歌舞伎では坂田藤十郎のために書き、浄瑠璃では竹本座の座付き作家として活躍した。

徳兵衛は叔父の醤油問屋の手代である。叔父は勝手に徳兵衛と叔母の姪との縁談を決めてしまう。だが、徳兵衛には遊女のお初という恋人がいる。徳兵衛が縁談を断ると叔父は怒り、徳兵衛の継母に貸していた金を返せと迫る。

金を取り戻した徳兵衛のもとへ、友人・九平次が金の無心に来る。叔父への返済まで時間があり、取り戻した金をそのまま貸してしまう。期日が近づき、九平次に返済を催促すると、借りていないと言い出し、偽りの借用書で人をだますのか、と大勢の人がいる前で恥をかかせた。

お初が徳兵衛の心配していると、徳兵衛がこっそり訪ねてくる。そこへ九平次たちがやってくる。お初は徳兵衛を縁の下に隠す。彼らは徳兵衛の悪口を言いふらす。お初は、彼は死んで潔白を証明するだろうと言い、縁の下の徳兵衛に覚悟を確かめた。

その晩二人で天満屋を抜け出す。曾根崎《そねざき》の森まで行き、そこで徳兵衛はお初の喉《のど》を刺し、自らの命も絶ったのである。

好色一代男

桜もちるに嘆き、月はかぎりありて入佐山。

井原西鶴

西鶴の浮世草子で有名なのが好色物と町人物である。

世之介は金持ちの父と遊女の母の間に生まれた。七歳の時、性に目覚め強い関心をもつ。

十六歳の時、世之介は江戸へ商人の修業のため旅立つ。だが、行く先々で女をくどき、江戸でも色恋の世界に身を浸していた。これが父の知るところとなり、勘当されてしまう。だが、構わず世之介は、全国各地に出向いて性の世界を堪能していく。

三十四歳のとき、父が亡くなり、莫大な財産を相続する。

六十歳になると世之介は、日本での遊びはやり尽くしたとして、海外にでる。女だけが住むという「女護の島」を目指した。

明治編

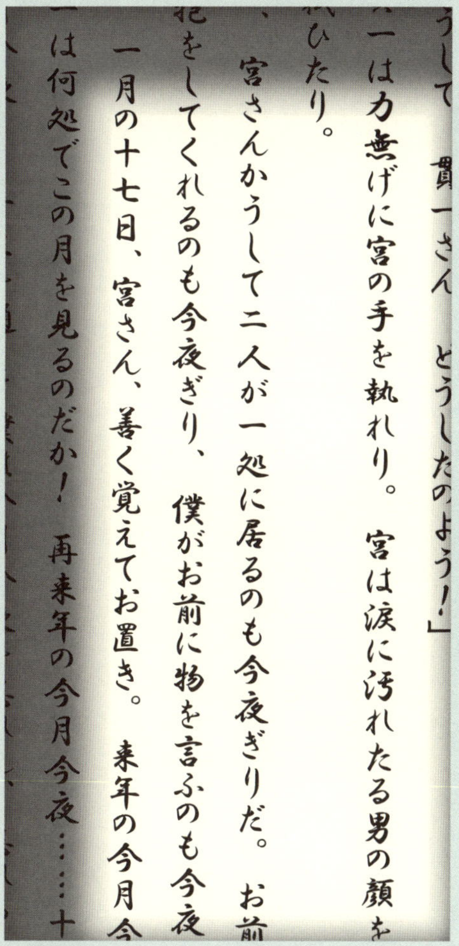
うして　貫一さん　どうしたのよう！」
一は力無げに宮の手を執れり。　宮は涙に汚れたる男の顔を
拭ひたり。
、宮さんかうして二人が一処に居るのも今夜ぎりだ。　お前
抱をしてくれるのも今夜ぎり、　僕がお前に物を言ふのも今夜
一月の十七日、　宮さん、善く覚えてお置き。　来年の今月今
一は何処でこの月を見るのだか！　再来年の今月今夜……十

『金色夜叉』より

明治期文学年表

1885	坪内逍遙『一読三嘆 当世書生気質』	写実主義の提唱
	坪内逍遙『小説神髄』	硯友社結成
1887	二葉亭四迷『浮雲』	浪漫主義の提唱（詩歌の分野で）
1889	森鷗外『於母影』	言文一致の試み
1890	森鷗外『舞姫』	
1891	幸田露伴『五重塔』	
1895	樋口一葉『たけくらべ』	
	『にごりえ』	
1896	尾崎紅葉『多情多恨』	尾崎紅葉・幸田露伴の「紅露の時代」全盛
1897	尾崎紅葉『金色夜叉』	
1898	国木田独歩『武蔵野』	
1900	泉鏡花『高野聖』	
		自然主義の提唱
1905	夏目漱石『吾輩は猫である』	夏目漱石「余裕派」と呼ばれる
1906	伊藤左千夫『野菊の墓』	
	夏目漱石『坊ちゃん』	
	島崎藤村『破戒』	
1907	国木田独歩『牛肉と馬鈴薯』	
	田山花袋『蒲団』	自然主義の発展
1909	永井荷風『すみだ川』	田山花袋「平面描写」を主張
	夏目漱石『それから』	
	田山花袋『田舎教師』	耽美派の登場
1910	森鷗外『青年』	森鷗外、執筆活動を再開
	谷崎潤一郎『刺青』	
1911	武者小路実篤『お目出たき人』	
	森鷗外『雁』	
		白樺派の登場

明治期になって最初に提唱されたのは写実主義である。江戸期の読本《よみほん》の勧善懲悪主義や奇想天外なストーリーを排して、より事実に近い描写を求めたのである。**坪内逍遙**《つぼうちしょうよう》は、評論『小説神髄』で写実主義を理論化し、小説『一読三嘆 当世書生気質』で実践を試みた。しかし、その試みは不十分であった。

その後、**二葉亭四迷**《ふたばていしめい》の『浮雲』によって、ようやく新しい口語文が成立し、近代的な小説の登場する素地が作られる。しかし『浮雲』は未完に終わり、その後に勢力を誇ったのは、江戸期の文学の流れを汲《く》みつつも新しい風俗描写を取り入れた**尾崎紅葉**《おざきこうよう》と、東洋的浪漫性を追い求めた**幸田露伴**《こうだろはん》であった。二人が活躍した明治二十年代の中・後期は、「紅露の時代」と呼ばれる。

真に近代的な新しい小説を模索したのは、**国木田独歩**《くにきだどっぽ》・**島崎藤村**《しまざきとうそん》・**田山花袋**《たやまかたい》ら自然主義の作家たちであった。日本の自然主義は、客観描写を唱えつつ、背後にロマン的な激しい自己告白の欲求を伴っていた。平面描写を主張した田山花袋の『蒲団』は、後の私小説へとつながる作品でもある。

文豪と呼ばれる**森鷗外**《もりおうがい》・**夏目漱石**《なつめそうせき》は、自然主義とは距離をおいて、それぞれ巨大な存在感を示し、また**樋口一葉**《ひぐちいちよう》、**泉鏡花**《いずみきょうか》なども独自の作風を示した。

明治の末期になると、美を追求する耽美《たんび》派（永井荷風《ながいかふう》・谷崎潤一郎《たにざきじゅんいちろう》）や、人道的な理想を求める白樺《しらかば》派（志賀直哉《しがなおや》・武者小路実篤《むしゃのこうじさねあつ》・有島武郎《ありしまたけお》）など、次代を担う新しい文学の流れが現れてきた。

吾輩は猫である

夏目漱石——

吾輩《わがはい》は猫である。名前はまだ無い。

夏目漱石

本名、夏目金之助。東京大学英文科卒。東大在学中に正岡子規と知り合い、感化を受ける。松山中学、第五高等学校で教鞭をとった後、英国に留学。帰国後、東京大学講師をしているときに発表した『吾輩は猫である』が人気となり、小説家となる。ほかに『坊ちゃん』『それから』『こころ』などの作品がある。長編『明暗』を執筆中、胃潰瘍のため死去。

生まれたばかりで捨てられ、あてもないまま、胃弱の英語教師、苦沙弥《くしゃみ》先生の家に辿《たど》り着いた猫は、さして可愛がってももらえず、名前も付けてもらえないものの、そこで飼われることとなる。

猫は、精緻《せいち》な観察眼と旺盛《おうせい》な好奇心をもって、周囲の猫や人々を活写・批評する。まず登場するのは、美学者の迷亭である。絵に凝りだした苦沙弥先生に写生の重要性を講釈し、イタリアの画家アンドレア・デル・サルトの言葉を紹介するが、後になってでたらめだったことが判明。迷亭は大変なほら吹きである。

「吾輩」は近所の猫たちとも交際する。車屋の「黒」は獲った鼠《ねずみ》の数を自慢し、二弦琴のお師匠さんに飼われている「三毛子」は、自分の主人が「天璋院《てんしょういん》様の御祐筆《ごゆうひつ》の妹の御嫁に行った先の御っかさんの甥《おい》の娘」なのだと自慢する。しかし、黒は魚屋の魚を盗もうとして天秤棒《てんびんぼう》で殴られて以来、元気をなくし、三毛子は病気で死んでしまう。お師匠さんの家では、あの野良猫がむやみに誘い出したから病気になったのだと、三毛子の死は「吾輩」のせいだということになっている。

その後、「吾輩」の好奇心の対象は、苦沙弥先生のもとに集う人間たちに集中する。それもそのはずで、次々に登場するのは、どれも「吾輩」の興味を引くに足る奇人・変人ばかり。

迷亭の次に登場するのが、苦沙弥先生の元教え子で、美男子の理学士「寒月君」。そして、その友人で、新体詩を作る芸術好きの「東風君」である。東風君は、迷亭が洋食屋で、ありもしない「トチメンボー」という料理を注文し、そんな料理は知らないとも言えない店員が、「近頃《ちかごろ》はトチメンボーの材料が乏しくなっておりまして」と言い訳をした話を紹介する。迷亭が、「トチメンボーの材料は日本派の俳人だろう」と聞き返すと、店員は「それだものだから近頃は横浜へ行っても買われません」と答えたとのこと。トチメンボーとは、俳人橡面坊《とちめんぼう》の名を使ったシャレである。

そのほか、迷亭が首を括《くく》りそこなった話、交際中の令嬢が川底から呼んでいるような気がすると、寒月君が橋の欄干から川に飛び込んだところ、なぜか橋の方に飛び降りてしまった話、苦沙弥先生が、細君に誘われた歌舞伎見物に出かけようとすると体調が悪くなり、医者まで呼んだが、出発予定の時刻がすぎるとケロリと治ってしまった話などが語られる。

寒月君が、苦沙弥先生と迷亭を聞き手に、理学協会で行う予定の演説を練習したこともある。その演題は「首括りの力学」という脱俗超凡なものであった。ところが肝心の数式に話が及ぶと、聞き手の二人は面倒な数式は略してしまえと言い出す始末。その寒月君の交際相手というのは、実業家の「金田」の娘である。ある時、令嬢の母親である金田夫人が、苦沙弥先生を訪問する。娘の交際相手である寒月君の素性を探りにきたのである。この夫人は鼻が大きいというので、「吾輩」は「鼻子」とあだ名を付ける。金田夫人は俗物ぶりを発揮して、寒月君が博士になれるのなら娘をやってもよいということを匂《にお》わせ、また、金を使って苦沙弥先生の近所の人々を、探偵代わりにしているのだと言って、苦沙弥先生と迷亭をうんざりさせる。後日、迷亭は、寒月君の「首括りの力学」の演説にひっかけて、「美学上の見地から鼻について研究したことがある」と、鼻と顔の平面の関係についての演説をする。金田夫人へのあてつけである。この演説でも、数式が略されてしまうのは言うまでもない。

金田家の方では、実業家の財力に敬意を払わない苦沙弥先生に対して、近所の人間を巻き込んで、いろいろな嫌がらせをしたり、「鈴木君」という子分格の実業家に依頼して、苦沙弥先生の説得に当たらせたりする。鈴木君は、苦沙弥先生の学生時代の友人である。苦沙弥先生を訪問して、「博士論文を書くよう、君からも寒月君に勧めてくれ」と説得。お人よしの苦沙弥先生は同意するものの、あとからやってきた迷亭が「あの金田某《なにがし》なる者の息女などを、天下の秀才水島寒月の令夫人と崇《あが》め奉るのは、少々提灯《ちょうちん》と釣鐘」と話を引っかきまわし、さらにはどんどん話をそらしてしまって、鈴木君の説得は不首尾に終わる。

その後、苦沙弥先生の家に、寒月君そっくりの泥棒が入ったり（盗まれたのは、山芋と衣類のみ）、苦沙弥先生の元教え子で、実業家の卵である「多々良《たたら》君」が、「鼠《ねずみ》も捕らない猫を飼っていて何になりますか、私にその猫をください、煮て食べます」と、野蛮なことを言ったり、その多々良君の言葉に触発された「吾輩」が鼠捕りに挑戦したり（大失敗）、隣にある中学校の生徒のいたずらに、苦沙弥先生が大逆上したり（そのいたずらを扇動していたのは、実は金田家であったことが、あとから分かる）と、さまざまな小事件が続く。

肝心の寒月君は、金田の令嬢と結婚したいのかどうか、はっきりしない。ただ、博士になる気はあるようで、いよいよ博士論文を書き始めたという。論文のテーマは「蛙《かえる》の眼玉《めだま》の電動作用に対する紫外光線の影響」という、寒月君らしい脱俗的なものである。ところが、実験に使うガラス球を磨《す》るばかりで、ちっとも研究が進まないとのこと。「この正月からガラス玉を大小六個磨り潰《つぶ》した」「十年位かかりそうです」と、のんきなことを言う寒月君である。

その後も、「吾輩」は運動を始めたり、銭湯を探検したりと活動を続け、苦沙弥先生宅には、新たな訪問者、「独仙君」が現れる。独仙君は禅に凝っているようで、西洋の積極主義を批判し、日本の消極主義を持ち上げる。苦沙弥先生は、なるほどと感心。ところが、後になって迷亭から、「独仙君のせいで二人ばかり気が変になった人がいる」と聞かされて、せっかくの感心もだいぶ怪しくなってしまう。

ある日、姪《めい》の「雪江」が訪ねてくる。雪江の話によれば、女学校で独仙君が演説をしたとのこと。あまり評判はよくなかったようである。また、東風君が金田の令嬢に新体詩を捧《ささ》げた噂《うわさ》などをする。細君と雪江の間で、苦沙弥先生の天《あま》の邪鬼《じゃく》ぶりが話題になる。「だから叔父さんには、なんでも逆のことを言えばいいのよ」とは雪江の言葉。苦沙弥先生が帰宅すると、その方法で、保険嫌いだったはずの先生に、保険の重要性を講釈させることに成功する。そんな時、苦沙弥先生の教え子の一人が、訪ねてくる。用件はというと、友人たちがいたずらで金田の令嬢にラブレターを出した、その差出人に自分の名前を貸したのだが、退学にならないか心配だとのこと。苦沙弥先生は「そうさね」と生返事を繰り返すばかりで頼りにならない。そこに、当の寒月君がやってきたので、教え子は帰ってしまう。苦沙弥先生は教え子の相談に冷淡だが、「吾輩」は「冷淡は人間の本来の性質であって、その性質をかくそうと力《つと》めないのは正直な人である」と、珍しく先生を弁護する。

ある日のこと。苦沙弥先生の家に、迷亭と独仙君がやってきて碁を打っているところへ、寒月君と東風君が連れ立って登場する。寒月君が、学生時代、はじめてヴァイオリンを購入した時の話をする。この話がちっとも先に進まず、皆をじりじりさせるが、ようやく話し終えた後、寒月君は「実は田舎に帰って嫁をもらってきた」と宣言する。金田の令嬢との話はどうなるのか、との問いには、黙っていてもかまわないと泰然たるもの。その後も、自殺という物騒なテーマで談論が大いに盛り上がる中、実業家の卵の多々良君が、ビールを四本下げて登場する。聞けば、金田の令嬢を嫁にもらうとのこと。仲人は鈴木君だという。多々良君は、結婚祝いとして東風君に新体詩を頼み、寒月君にはヴァイオリンの演奏を依頼し、皆を式に招待するが、苦沙弥先生だけは「不人情じゃないが、おれは出ないよ」と拒否する。あくまで消極主義で天の邪鬼の苦沙弥先生である。

皆が帰ったあと、「吾輩」は、景気をつけてやろうと、多々良君の持ってきたビールの残りを舐《な》めて酔っ払ってしまう。陶然たる気分から醒《さ》めたときには、甕《かめ》の中の水に落ちていた。しばらくもがいてみたが、どうしても出られない。そのうち楽になってきた。「吾輩は死ぬ。死んでこの太平を得る。太平は死ななければ得られぬ。南無阿弥陀仏《なむあみだぶつ》南無阿弥陀仏。難有《ありがた》い難有い」。これが、飽くことなく明治の社会・文化・人物を活写し続けた猫の、最後の言葉であった。

夏目漱石

『それから』は明治四二年朝日新聞の連載小説として発表された。『三四郎』『門』を含めた前期三部作の第二作目である。代助のように、資産があるため職に就かず、芸術に浸り、社会に対して批評する目を持ち合わせる人々を後に「高等遊民」といい、社会問題になった。代助のような存在は、明治が終わりに近づき、社会が成熟と矛盾をはらみ始めた時代へのアンチテーゼとしてとらえられたのかもしれない。

➡プロフィールは38ページ

「それが君の手際で出来るかい」

それから

夏目漱石——

金銭のためにあくせく働くことはおろかな行為である。芸術や文化に触れ、心の豊かな経験をしなくては、人は生きている甲斐《かい》がない。そう考えていた長井《ながい》代助《だいすけ》は、東京帝国大学を卒業し、三十歳を過ぎた今でも、仕事や結婚をしようとはしなかった。

経済面では、事業で成功した父や、その関連会社で重要な地位についている兄から援助を受けている。身の回りのことは、老婆を雇って世話をしてもらい、また、書生の門野《かどの》も住まわせ、手伝ってもらっていた。自分自身は、日々読書や芸術にふれ、世の中を批判的に眺め、悠々自適の独身生活を送っていた。

父は早く結婚させたいが、もちろん代助にその気はなく、兄は「いつかなんとかするだろう」と、代助のことを楽観的にとらえていた。

ある日、中学時代からの親友である平岡《ひらおか》が東京に戻ってきた。代助は久しぶりに平岡と会話をするものの、家庭をもち働くことを良しとする平岡と、価値観が合わなくなっていることを感じる。

平岡は大学を卒業後銀行に就職し、三年前、共通の友人の妹である三千代《みちよ》と結婚。同じ頃《ころ》に関西に転勤していた。しかし今回、会社の金を使い込んだ部下の罪をかぶることになり、仕事を辞め東京に戻ってきたのである。

平岡が関西にいる間、最初の頃はまめに連絡を取り合っていたものの、次第に途絶えがちになっていた。だが、代助はどうしても平岡を忘れることができない理由があった。それは彼の妻三千代の存在である。

代助は密《ひそ》かに三千代に思いを寄せていた。だが、平岡から三千代への思いを聞かされると、仲を取り持ってしまったのである。

平岡と会った数日後、三千代が一人で代助を訪ねてきた。関西で作った借金五百円を返済するため、代助に金銭の工面を頼みにきたのである。三千代はしばらく見ない間に生活に疲れ、やつれていた。結婚後出産をしたが、すぐ子供を亡くした。それ以来体を悪くしていたのだ。

代助は三千代の助けになってやりたいと思っていた。だが、代助は生活には困らないものの、自分で自由にできる金銭はない。そこで、まず兄に平岡夫妻の事情を話し、金を貸してくれるように頼んでみた。しかし、筋が違うと断られる。次に家族の中で一番話が合う兄嫁にも事情も含めて相談した。だが、やはり断られる。普段は他人を小馬鹿《こばか》にした態度であるにも関わらず、金銭のことになると全く何もできない。ましてや他人に貸す金ならば自分で何とかするのが筋ではないか、と言われる。その上、そろそろ結婚するよう懇々と諭されるのであった。

兄嫁に金銭の無心を断られてしばらくたった日、兄嫁から手紙と小切手が届く。すべては貸さないが、まず二百円で何とかしなさい、ということだった。代助はすぐに三千代へ小切手を渡しに行った。三千代によると、この借金は子供を亡くした後、遊ぶようになった平岡が作ってしまった借金ということだった。三千代は「私が悪い」と自分を責めていた。

ちょうどその頃、代助にまた縁談が持ち上がっていた。相手は二人おり、佐川《さがわ》と高木《たかぎ》という資産家の娘である。父は「三十にもなって結婚していないのは世間体が悪い」と説教し、代助がのらりくらりとかわしても、なかなか後にはひかなかった。

ある日三千代がまた代助を訪ねる。先日借りた二百円を別のことに使ってしまったことを詫《わ》びるためである。その時三千代は百合の花を持ってきていた。まだ、三千代が結婚する前、代助が三千代や三千代の兄に飾って見せた花であった。二人はしばらく思い出に浸っていた。

しばらくして実家から呼び出された代助は、兄の家族と芝居を見に行っていた。実は見合い相手にこっそり会わされるためであり、後日見合い相手と食事をするよう言われる。

なんとか逃げ出したいと思っていた、見合い相手と食事する前の晩、代助はふと三千代のもとへ足を向けた。平岡はまだ帰っていなかった。生活費の不自由がないか尋ねると、三千代は指輪をしていない手を見せて赤い顔をする。九時頃までいた代助は帰り際、持っていた金をすべて三千代に渡した。

結局見合い相手と食事をするが、相手との会話の中で芸術に対する貧しい感覚にうんざりするのであった。

三千代と平岡との寂しい夫婦関係を見かねた代助は、ある夜平岡と二人で食事をする。

代助は夜出歩いて金を使っていること、帰りが遅いことを追求した。平岡は言葉を濁し、追求を回避するようなあいまいな返事をする。代助が「三千代さんが寂しがるだろう」と詰め寄ると、「大丈夫だ。あいつも変わった」とかわす。また、「家庭を重く見るのは独身の者の勝手な価値観だ」とも言った。代助は衝動的に「変わっていない」と言いはなった。

三千代と繰り返し会っているうちに、だんだん彼女への愛を自覚するようになっていた代助は、三千代を何とかしなければ、という決定的な確信に変わっていった。

とうとうある日、手紙で三千代を自宅に呼び出し、思いを告げる。三千代は「今さら残酷だわ」と言って泣き出した。実は三千代も結婚前から代助のことを慕っていたのである。平岡に悪いと思いながらも、三千代はこの事実を受け入れた。

その後、代助は見合いを断り、父からは半ば見放される。兄嫁からは当座の生活費の額面が書かれた小切手と「一緒に謝ってあげる」という旨の手紙が届いた。

代助は平岡に秘密のまま何度か三千代と会っていた。だが、そろそろはっきりさせなければならないと思い、代助は平岡に「話したいことがある」と手紙を出した。しかし、なかなか返事が返ってこなかった。

数日後、平岡が代助のもとにやってくる。返事が出せなかったのは三千代が体調を崩したためであった。その三千代から「謝りたいことがある。その事情を代助から聞いてくれ」と言われたためやってきたのである。

それを聞いて代助は、自分と三千代が互いに思い合っていること、三千代を妻にしたいことを告げる。二人のことを全く疑っていなかった平岡は愕然《がくぜん》とする。

「君は三千代さんを愛していなかった」「世間の掟《おきて》で定められた夫婦関係と自然と成り立った夫婦関係が一致しなかった」というのが代助の言い分だった。平岡は、代助の言うとおり三千代を愛していなかったとしても、三年前に仲を取りもとうと言ったのは代助だ。なぜあの時そのようなことをしたのかと責めた。代助は平岡に謝るが、主張を曲げなかった。

平岡は、体調の悪い妻の看護は夫の責任である、そのため今は引き渡せない。だが、三千代の体調が回復し次第代助に引き渡すことを約束した。そして、夫としての名誉を毀損《きそん》した代助と今後一切の関わりを絶つ、と言って去った。

三千代の病状は比較的重かった。代助は三千代の体調が心配で何度も平岡の家に行った。しかし、会うことが許されないため、何もできずに帰るしかなった。

しばらくして兄が代助のもとを訪れる。手には手紙を持っていた。それは平岡から父へ送られてきたもので、代助と三千代のことが詳細に書かれていた。兄は父の代わりに書かれていることの真偽を確かめに来たのである。

代助は書かれたことを認めた。そして、事情を理解するはずもないと思い、弁解も謝罪もしなかった。兄は、「弁解も謝罪もなければ、体面を汚した代助を勘当する」という父の言葉を伝えた。そして兄自身も代助に対する援助を打ち切ると告げた。

すべてを失った代助はそのまま職を探すため街へ出る。炎天下の街は燃えるような暑さであり、代助に敵対し、己を飲みこもうとしている何かに感じられた。

森　鷗外

島根県出身。本名、森林《りん》太郎《たろう》。東京大学医学部卒。ドイツ留学後、訳詩集『於母影《おもかげ》』で文壇に登場。代表作に、『舞姫』『雁』『阿部一族』『高瀬舟』などがある。また軍医としても陸軍省医務局長にまで昇った。
軍医であった鷗外は、ドイツ留学の経験ももち、小説に限らず翻訳や評論などさまざまな分野で活躍した、近代文学の巨匠といえる人物である。

嗚呼《ああ》、夢にのみ見しは君が黒き瞳子《ひとみ》なり。

舞姫

——森　鷗外——

五年に亘《わた》るドイツ滞在から日本へと帰る私は今、客船の中等室の中、苦い思いと共に来し方を振り返っている。

——私は父を早くに失った。しかし学問の方は順調に進み、地元の学館から大学法学部に至るまで、「太田豊太郎《おおたとよたろう》」という私の名は、常に首席に記されたものである。官吏としての仕事にも就いた。上司の覚えもめでたく、留学の命を受け、意気揚揚とベルリンへ向かったのだった。何事も順調だった。しかし次第に私の興味は、政治・法律から歴史や文学へと移っていった。そうした私の変化は、東京にいる上司を喜ばせるものでなかった。

ある日の夕暮れ、私は閉ざされた教会の扉にもたれ、声を忍ばせて泣く、一人の少女と出会った。「エリス」という名の、

十六、七歳ほどの美しい少女である。エリスは「父親が亡くなったが、家には全く貯えがなく、葬儀を行うこともできない」と言う。私は彼女を自宅まで送り、母親にも会って詳しい話を聞いた。エリスは女優であった。「これで一時をしのいでください」と、私は数枚の銀貨と時計をエリスに贈った。

それ以来、私とエリスは交際を始め、次第に親しくなっていった。そのことを留学生仲間の一人が、日本に悪意を込めて報告したため、私は窮地に陥る。職を解かれたばかりではなく、「即座に日本に戻らないならば、旅費その他の援助を一切断つ」と通告されてしまったのである。思い悩む私のもとに、さらに母の死を告げる手紙が届いた。それまで清らかだった私とエリスの関係が離れがたいものとなったのは、その頃《ころ》のことだ。

そんな私を救ってくれたのは、相沢謙吉《あいざわけんきち》という友人である。相沢は東京で大臣の秘書を務めていた。彼は、ある新聞社に交渉して、私を社の通信員としてくれたのである。私はベルリンに留まることになった。新聞社からの報酬は十分なものではなかったので、私はエリスの家に寄宿し、二人の収入を合わせて生活していくこととなった。貧しいが、楽しい生活だった。

明治二十一年の冬、エリスが妊娠した。ちょうど同じ時期に、相沢が大臣と共にベルリンを訪れ、その紹介で、私は大臣から翻訳の仕事をもらうこととなる。久しぶりに会った相沢は、将来のことを考えれば、今のうちにエリスと別れるべきだ、と忠告した。敵に対しては抵抗することができるが、友人に対しては否と言えない。私の性格には、そんなところがある。私は相沢に、いずれエリスとの関係を解消すると約束してしまった。

その後、私は、ロシアに向かう大臣に随行することとなった。妊娠中のエリスは、しかし、私の旅立ちの時には、それほど心を悩ましているふうではなかった。私をかたく信じていたからだ。ロシア滞在の間、私はエリスを忘れたことはなかった。いや、忘れようもなかったのだ。彼女は、毎日のように手紙をよこしたのだから。手紙の中には、「私を捨てることだけはなさらないでください」といった言葉もあった。

私が大臣の一向と共にベルリンに戻ったのは、元旦《がんたん》の朝だった。エリスは待ちきれずに、階段を駆け下りてきた。

「よくぞ帰ってきてくださいました。もし、あなたが帰ってきてくださらなかったら、私は死んでしまっていたでしょう」。

私の心は、この時まで定まっていなかった。しかし、この瞬間だけは、愛が、故郷や栄達を望む思いを圧倒した。

私が大臣に呼ばれたのは、それから数日後のことである。大臣はロシア行きの労をねぎらった後、こう告げた。

「私と共に日本に戻る気はないか。長くベルリンに滞在しているので、係累もあるかもしれないと思ったが、相沢君に聞いたところ、そんな心配はないということで、安心したところだ」。

私は相沢に、エリスとの関係を断つと約束している。今さら大臣に、「相沢の言葉は嘘《うそ》だ」とも言えない。しかも大臣の誘いを聞いた途端、私の心に起こったのは「今、日本に帰れなければ、故郷も失い、名誉を回復する道も失い、欧州の大都会に埋もれてしまうだけだ」という思いだった。わが心の、なんという無節操さ。私は大臣に「承りました」と答えたのだった。

その夜、私は遅くまで街をさまよった。雪の夜だった。エリスの部屋に戻ったのは、真夜中。扉を開けて、泥だらけの私はそのまま床に倒れた。

私が意識を回復したのは、それから数週間後のことだ。その間に、取り返しのつかないことが起きていた。私を看病するエリスのところに、相沢がある日訪ねてきて、すべてを語ってしまったのだ。後で聞いた話だが、相沢から、私が彼に与えた約束の話を聞いた瞬間、エリスはこう叫んだという。「豊太郎さんは、そんなにまで私を欺いていらっしゃったのですか」。

エリスはそのまま心を病んでしまった。目はどこかを見つめ、人の区別もつかず、ただ私の名を呼び、髪をむしり、布団《ふとん》を噛《か》むなどしたという。最後に子供のための襁褓《むつき》を与えた時、顔を押し当ててさめざめと泣き、ようやく狂乱は収まったが、その後はもはや赤児《あかご》と変わらなかった。医者は治癒の見込みはないと言う。私はエリスの姿に、ただ涙を流すばかりだった。

帰朝の旅路につく時、私は相沢と相談して、エリスの母に経済的援助を行い、また出産の折の世話も頼んでおいた。

私にとって、相沢ほどのよい友人をほかに得ることは難しいだろう。しかし、私の脳裏にただ一点、彼を憎む心は、今もまだ残っている。

樋口一葉

東京都出身。中島歌子に和歌を、半井桃水《なからいとうすい》に小説を学ぶ。一家が貧しかったため、荒物、駄菓子を扱う店の経営で生計を立てつつ創作活動を行う。代表作は『大つごもり』『たけくらべ』『にごりえ』『十三夜』など。当代一の女流作家との名声をえるが、過労や生活の困窮から体調を崩し、結核のため二十四歳の若さで死去。

恨まれるは覚悟の前、鬼だとも蛇だとも思ふがようございます。

にごりえ

樋口一葉――

お力は銘酒屋「菊の井」の売れっ子の私娼《ししょう》である。若さと美《び》貌《ぼう》の持ち主で、客を客とも思わないわがままなところがある。しかし、つきあってみると意外に優しいところもあって、仲間内でも人気者である。

仲間のお高は、「私は、あの源さんのことが気にかかる。お力さんとは想いあった仲だろう。今では落ちぶれてしまっているけれども、お力さん、お前、手紙でも書いてやったら」と、もちかけるが、お力は「もうその話は、やめて」と相手にしない。源さんというのは、お力の以前の馴染《なじ》み客らしい。

結城朝之助《ゆうきとものすけ》という、男ぶりの良い、三十歳ほどの男が、新しいお力の馴染みである。無職、独身ということだが、裕福であるらしく、週に二、三度は菊の井に通ってくる。結城はお力の経歴を知りたがって、いろいろと尋ねるのだが、その度にお力ははぐらかして取り合わない。それでも結城は、見かけは勝ち気そうなお力が、心中では深い憂いを湛《たた》えていることを察する。

ある時、二階にいた結城とお力のところに使いが来て、お力に何か耳打ちをした。どうやら階下の客に会えと勧めているらしい。しかし、お力はきっぱりと断ってしまう。

「会ってやればいいじゃないか」

「結城さん、あなたに隠しても仕方ありません。あれは、以前町内で羽振りも良かった布団《ふとん》屋の源七という人。今では、すっかり落ちぶれてしまっていますが、奥さんも子供もある人で、会わずに帰した方がいいのです」

そういうお力はしかし、「こんな私でも、悲しい夢を見て枕がぐっしょりになったこともございます」と、屈託した様子である。

しばらくして、外を見下ろしていたお力は、「ちょっと、こちらへ」と結城を呼ぶ。

「あそこで、桃を買っている四つくらいの男の子がいるでしょう。あれが源七さんの子供です。あんな小さな子でも、私が憎いと見えて、私のことを、鬼、鬼と呼ぶんですよ」。

源七は、町外れの小さな家に住んでいる。布団屋は廃業してしまい、今ではあちこちの力仕事を手伝っている身である。妻も内職に忙しいが、それでも源七が仕事から戻れば、かいがいしく夕食の支度をする。しかし源七は、お力のことを思ってか、食も進まない様子。そんな源七に妻は、「どうか気を取り直して、仕事に励んでください。またお金ができたら、お力でも誰《だれ》でも、好きなように囲ったらよいではありませんか」と励まし、それを聞いた源七も、「この未練者め」と自分を心で叱るのだが、それでも想いは断ち切れない様子である。

別のある日、客でにぎわう座敷から突然、発作的にお力が飛び出したことがある。

「このまま唐天竺《からてんじく》の果てまでも行ってしまいたい」。

そう思って急ぎ足にさまようお力だが、行くあてがあるわけでもない。結局、「身の行き方が分からないなら、分からないなりに、菊の井のお力を通していこう。人情知らず、義理知らず、そんなことも思うまい」と、悄然《しょうぜん》とした様子で、菊の井に戻るが、そこでお力は結城と行き合う。思えば、その日は結城が菊の井に来ると、約束していた日であった。

「結城さん、今日はあなたに、私の身の上を聞いていただきたいのです」。

店の二階に上がったお力は、これまで人に告げたことのなかった身の上を、結城に語りだした。

「私の祖父は書物を書く人でした。ところが、お上から出版を禁じられ、断食して死んだそうです。父は飾り職人で、決して腕は悪くなかったそうですが、気位が高く、人に愛されず、本当にうちは貧しい暮らしでした。私が七つの年の、冬のことです。夜、母からお米を買いにやらされたことがございます。帰り道、買った米を溝に落としてしまって、帰るに帰られず、あのとき川か池でも近くにあれば、きっと私は身を投げていたことでしょう。母は結核で死にました。父も、その一周忌が来ないうちに、後を追いました。私が言うのも変ですが、名人と言われた人です。でも、いくら名人でも、私たちのような家に生まれついた者には、何にもならないのでしょう」。

その頃《ころ》、源七は相変わらず、お力への想いを断ち切れず、仕事にも精が出ないでいた。そんな時、子供がカステラをもらって帰ってきた。聞けば、「お力からもらった」と言う。それがきっかけで、源七と妻の間に夫婦喧嘩《げんか》が始まった。言い募るうちに、源七は「出て行け」と妻を離縁してしまう。最初のうちは謝っていた妻も、源七がかたくなに言い張るため、とうとう子供を連れて出て行ってしまった。

お力と源七、二人の弔いが、それぞれ別々に行われたのは、盂蘭盆《うらぼん》が過ぎて幾日か経った頃だった。世間ではいろいろと噂《うわさ》をした。「あの子も、とんだ奴《やつ》に見込まれて、かわいそうなことをした」とか「いやいや、納得の上での心中だったのだろう」とか、あるいは「お力が逃げるところを、源七が切り殺し、そのあと見事に切腹した、あれこそ死に花だ」などと言う者もいた。

恨みが深いのか、時折、寺の山から人魂が飛ぶのだという。

樋口一葉

師である半井桃水《なからいとうすい》と離れ、作家をやめる覚悟で転居した下谷竜泉寺町は、吉原遊郭に近く一葉に刺激を与えた。二十四歳で死去するまでの前々年から約一年間で『大つごもり』『たけくらべ』『にごりえ』など、古い封建道徳の風習の中で生きる女性の姿、心理や悲しさを、雅俗折衷体で描いた。整った美しい文体で詩情豊か、かつ写実的なのが特徴である。

➡プロフィールは54ページ

意趣があらば私をお撃ち、相手には私がなる。

たけくらべ

樋口一葉——

遊郭の近くに、育英舎という私立の学校がある。さまざまな家庭の子供が通う中、龍華寺《りゅうげじ》という寺の子供で、藤本信如《ふじもとしんにょ》という十五歳の生徒がいた。勉強好きのおとなしい性格で、最初のうちは友達にからかわれたこともあったが、今では校内一の秀才で、侮る者もいなくなった。

近辺の子供たちは、横町の一団と表町の一団とに分かれて、何かとこぜりあいを繰り返している。横町の頭は長吉《ちょうきち》という乱暴者、自分たちを横町組と呼んで威勢がいい。表町の頭は金貸しの息子の正太郎《しょうたろう》である。八月二十日の祭も近づいたある日、横町の長吉が信如を訪ねてきて、「どうか信さん、こちらの仲間に入ってくれ」と誘う。争い事を好まない信如は、気が進まないながらも、長吉の熱意に負けしぶしぶ引き受ける。

表町の子供仲間で、女王様のように振る舞っている、大黒屋《だいこくや》の美登利《みどり》という十四歳の少女がいる。祭の日、その美登利が表町の子供たちと遊んでいる時、横町組の長吉たちが、大勢で暴れ込んできた。たまたま、表町の頭の正太郎が家に帰ってしまった後だったため、長吉たちは代わりに、三五郎《さんごろう》という少年を手ひどく痛めつけた。あまりの乱暴ぶりに美登利は、止める人をかき分けて啖呵《たんか》を切る。

「お前たち、正太さんと喧嘩《けんか》がしたかったら、正太さんとすればいいじゃないか。逃げも、隠しもしない、今はここにいないじゃないの。ええい、憎らしい、相手には私がなってあげる」。

それに答えて長吉は、「お前の相手には、これでたくさんだ」と美登利の額めがけて草履を投げつけ、「こっちには龍華寺の信如もついている」と憎まれ口を叩《たた》きながら去ってしまう。

翌日、美登利は誘われるまま、正太郎の家に遊びに行く。正太郎の祖母は金貸しである。

「美登利さん、おれは気が弱いんだろうか。手伝いで集金に行く時も、ずいぶんかわいそうな家にも行く。そんなところでは、さぞうちのお祖母さんのことを悪く言っているだろう。それを考えると、涙がこぼれる」と、正太郎は愛嬌《あいきょう》者には珍しく、しんみりしたことを語りかける。美登利は、「正太さん、祭のときのお前の衣装は、とても似合っていたよ」と慰める。

「お前の方こそ美しい。そうだ、今度いっしょに、写真を撮らないか。龍華寺の奴は、きっとうらやましがるだろうよ」。

これより以前の四月末、美登利と信如のあいだに、ちょっとした出来事があった。運動会の時、信如が松の根につまずいて泥だらけになったので、「これでお拭《ふ》きなさい」と、美登利が真っ赤な絹のハンカチを差し出したのである。それを、「藤本は坊主のくせに、女と嬉《うれ》しそうに話をしているのはおかしい。美登利さんは、藤本の女房になるつもりか」などと言う者がいた。信如はそれ以来、美登利を意識しながらも避けるようになったのだが、事情を知らぬ美登利は「藤本さん、藤本さん」と話しかける。けれども、あまりに相手の振る舞いが冷淡なため、「わざと意地悪をしているのか」と、結局は美登利の方も、信如を避けるようになってしまっていたのである。そんなこともあって美登利は、祭のときの長吉の乱暴は、信如が背後で糸を引いているのでは、とまで邪推してしまうのだった。

信如の父は、龍華寺の住職である。戒律のゆるい宗旨の寺でもあり、妻帯し子を儲《もう》け、さらには寺以外の商売にも熱心というさばけた人柄。しかし、生真面目な信如は、「僧侶ともあろう者が」と、そんな父にひそかに反感を抱いている。祭の事件が過ぎたある日、信如は母の言いつけで、使いに出ることになった。雨の朝であった。ちょうど美登利の住む大黒屋の寮の前を通りかかったとき、下駄の鼻緒が切れてしまい、不慣れな信如は、鼻緒を取り替えることができず、立ち往生してしまう。

美登利は、誰《だれ》か困っているらしいと気づき、布の切れ端を針箱から取り出して、外に出た。が、相手が信如だと分かると、頬《ほお》を赤く染めて、思い切って話しかけることができない。信如はといえば、足音を聞いたとたんに、「美登利が来たのでは」と気づくのだが、こちらも振り向くことができずにいる。お互い黙ったまま、しばらく時が過ぎた頃《ころ》、美登利の母の呼ぶ声がした。美登利は黙ったまま、手に持った赤い友禅の布を信如の方に放り出して、家に戻ってしまった。信如がその布を拾い上げようとした時、長吉が現れ、下駄を貸してくれた。信如は結局、美登利の投げた布を手に取ることなく、その場を去った。

それからしばらくしたある日、正太郎は、髪を大人っぽい嶋《しま》田《だ》に結った美登利と出会う。そのまま、美登利の家に寄った正太郎だが、いつになく機嫌の悪い美登利に戸惑うばかり。美登利は心に、「ああ、嫌だ嫌だ。大人になってしまうなんて」と、正太郎が話しかけても返事もろくにせず、結局は追い払ってしまう。その正太郎は友達から、信如がいずれ僧侶《そうりょ》の学校へ移ることを聞く。その日以来、あれほどわがままだった美登利は、すっかりおとなしくなり、友達とも遊ぼうとはしない。

ある日の朝、造花の水仙を、美登利の家の格子門に、外から差し入れていった者がいた。誰とも分からない。しかし、美登利はなぜか懐かしい感じがして、一輪挿しに飾り、寂しく清らかな花の姿を眺めていた。

その翌日が、信如が僧侶の学校へ移る日だった、ということを、美登利はあとから聞くともなしに伝え聞いた。

浮雲

若《も》し聴かれん時にはその時こそ断然叔父の家を辞し去ろう。

二葉亭四迷――

二葉亭四迷

軍人を志すが士官学校の受験に失敗し、東京外国語学校でロシア文学を学ぶ。坪内逍遥の『小説神髄』に影響を受け、自らの小説理論を『小説総論』にまとめる。これを実践したものが『浮雲』で、日本で初めて言文一致体を試みている。またロシア文学を翻訳して紹介している。『あひゞき』『めぐりあひ』などがそれである。ほかにも『其面影』『平凡』などがある。晩年は朝日新聞の特派員としてロシアへ赴いたが、結核にかかり帰国中の船内で客死する。

静岡《しずおか》に住んでいた内海文三《うつみぶんぞう》は内向的だが、学問がよくできた。十五歳の時父が亡くなり、叔父である園田孫兵衛《そのだまごべえ》のもとへ引き取られることになった。

叔父は東京に家を構えつつ、茶店の支配人をしていた。また金の貸し付けなどもしていたため、際立った金持ちとまではいかないものの、余裕のある生活を送っていた。

叔父の家には叔父とその妻のお政《まさ》、そして娘と息子が一人ずついた。お政は、土地の賃料や貸付金の催促、家事一切を切り盛りしていた抜け目のない女性である。弟の勇は学校で寄宿舎に入っていた。

姉のお勢《せい》は当時十二歳。子煩悩な父と我が子だけは可愛い母のもとで甘やかされて育ち、少々わがままなところがある。父の願いで小学校に行き、母の勧めで清元も習っていた。飲み込みが早く、学問も芸事もよくでき、叔母はこの娘をよく自慢していた。

文三は奨学金を得て学校の寄宿生になった。努力の甲斐《かい》あって優秀な成績で学校を卒業したが、なかなか就職先が決まらなかった。半年後、ある省に就職することができた。

また、この頃《ころ》お勢が自宅へ戻ってきていた。小学校卒業後私塾に入っていたが、その生活になじめず、塾をやめたのである。お勢が戻ってきた頃から、文三はお勢が気になり始めていた。お勢に英語を教えるうちに、だんだん心惹《ひ》かれていくようになる。

ある夜、偶然文三とお勢は二人きりになる。文三は月を見上げているお勢の横顔に見とれていた。だが、ふと目が合った時、格子戸が開く音がし、二人は驚いて、慌てて部屋を出てしまった。

文三がある省に勤めてから二年がたった。多少貯金もできたため、故郷の母へ東京で一緒に住もうと伝えた。母は大喜びし、また、結婚を勧め、見合い写真まで添えて送ってきた。一方、叔父夫婦のほうではお勢と文三を結婚させようという考えがあった。

だが、そんな頃、文三は突然諭旨免職《ゆしめんしょく》となる。文三自身は特に失敗をしたつもりはなかった。

言い出しにくいこの事実を、なんとかお政に伝えると、お政はがっかりした。そして文三の友人である本田昇《ほんだのぼる》はどうだったのかを聞いた。お政に本田は大丈夫であると伝えると、常日頃、何かと文三の気の利かなさに嫌味を言い続けていたお政は、ここぞとばかりに文三に嫌味を言った。挙げ句の果てには、故郷の母親を引き合いに出し、「お母さんががっかりなさるだろうねぇ」と責め立てる。そして万事うまくやる本田を褒めた。

本田は文三とは違い、社交性のある人物だった。

本田は文三より二年早く、同じ省に勤め始めていた。才覚はあるが、その才覚を鼻にかけるきらいがある。だが、愛嬌《あいきょう》があり、お世辞が上手だった。休みごとに上司の家を訪ね、何かと手伝いをしていた。そのようなところが上司の覚えがよかった原因である。

また、本田の下宿先が園田家と近く、よく遊びに来ていた。特にお勢が帰ってきてからは、三日とあげずに来るようになっていた。お政と会話を弾ませ、お勢の器量や才能を褒める。そして寿司《すし》などを取り寄せてみんなに振る舞う。ある時には外に遊びにも出かけた。文三の気の利かなさを嫌い、娘をことあるごとに自慢するお政が、本田に対して印象がよいのは明らかであった。

叔母が嫌味を並べ立て、本田と自分をくらべることに腹立たしさを感じた文三は、家を出るため荷物をまとめようとした。しかし、なぜかお勢のことを考えてしまい、なかなかできない。

そのさなか、お勢が文三のもとへやってくる。母と口論になり、文三をかばったという。それを聞いた文三は嬉しくなり、お勢に礼を言う。そして、自分をかばってくれたお勢のためにも、とりあえず叔母に許しを請うことにした。

だが、本田に誘われて、文三とお勢、お政の四人で団子坂へ菊見に行った時、お勢のふるまいから、文三は、ひょっとしてお勢は本田に気があるのではないかと不安になる。

その頃母から便りが届いていた。一日も早く復職できるよう、願掛けのためお茶を断っているという。

ある日、本田が家にやってきた。免職したもののうち、二、三人が復職できるということを、文三に知らせに来たのである。そして、文三が復職できるよう、本田が取り持つと申し出たのである。お政が、プライドの高い文三にはできないと言い放ち、本田と声を立てて笑っていた。上司の腰巾着のような本田の世話になりたくないと思う文三は「用はそれだけか」と言い、その話を断ってしまう。このことで文三はまたお政から嫌味をたっぷり言われる。そしてお勢も文三をかばうことをしなかった。

またある日は、お政、お勢のいる前で文三は本田と口論になる。そのことで翌日お政から責められる。

家の中でだんだん孤立していく文三。それでも、お勢が本田になびいてしまわないか気になり、文三は家を出ることをためらっていた。

せめてお勢の気持ちが自分に向いているのなら、叔母の言うことも飲み込み、本田にも相談してみようかと考えた文三は、お勢の部屋に向かった。しかし、お勢と話をするうちに話がこじれてしまう。本田をかばうような言い方をし、文三とは何の関係もないと開き直るお勢に、文三は「浮気者」「もう口を利かない」と言って出てしまう。

文三は、一度はお勢をなじったものの、やはり気になり、もう一度お勢の部屋を訪れた。だが、お勢には冷たくあしらわれてしまう。

ある夕飯の時、お勢がとうとう爆発する。「浮気者」と言われたことに腹を立て、文三をののしった。興奮しているお勢は、お手伝いのお鍋《なべ》に別室へ連れて行かれる。残ったお政は文三に、嫁入り前の娘だから気をつけてほしい、ということを懇々と伝えた。

お勢は家の中で文三となるべく話さないように過ごしていた。そんな静まり返った家の中で、文三は自分の気持ちを冷静に見つめていた。

お勢はけっして高潔ですばらしい女性ではない。どちらかと言えば軽はずみなところがあり、移り気である。だが、文三は錯覚していた。お勢をすばらしい女性だと思い、心を奪われている自分を知った。

相変わらず本田は園田家に足繁く通ってきた。お勢はますます本田と親しくなっていった。

お勢は口論以来、文三に対してただただ冷淡な応対ばかりをしていた。だが、さほどつらくあたることはなかった。一方お政の方は、復職の世話を断って以来、ますます文三につらくあたるようになっていた。家を出て行けと言わんばかりであった。

その後しばらくして、なぜかお勢は本田と疎遠になった。そして、文三に対して心を許すような雰囲気さえ見せ始めたのである。まるで文三が言い寄るのを待っているかのようであった。

お勢の変化に不快感を持ちつつも、お勢に未練がある文三は考えた。もう一度確かめてみようと。お勢の自分に対する気持ちを確認してみよう。もし、お勢にその気がないのなら、その時こそこの家を出ることにしよう。文三はやっと心を決めたのである。

来年の今月今夜は、貫一《かんいち》は何処でこの月を見るのだか！

金色夜叉

尾崎紅葉――

尾崎紅葉

東京大学中退。大学予備門（一高）時代に山田美妙・石橋思案らと日本初の純文学結社硯友社を結成し、機関誌「我楽多文庫」を創刊。一時代を築いた。著作に『二人比丘尼色懺悔《ににんびくにいろざんげ》』『伽羅枕《きゃらまくら》』『多情多恨』などがある。大作『金色夜叉』は明治三十年から読売新聞に連載された小説である。紅葉が体調を崩し、読売新聞から雑誌「新小説」に移って連載しようとしたものの、紅葉の死により未完に終わっている。

間寛一《はざまかんいち》は幼くして母を亡くし、十五歳の時父も亡くした。身寄りのない貫一は、父を恩人と慕う、鴫沢隆三《しぎさわりゅうぞう》に引き取られることになった。そしてそこから学校へ通うようになった。貫一は成績優秀で品行もよかったので、隆三は大学へ行かせ学士まで取らせて、いずれ婿にし、鴫沢家を継がせようと考えていた。

鴫沢家には宮《みや》という一人娘がいる。貫一は宮に一途に思いを寄せていた。宮もまた、貫一に惹《ひ》かれていた。二人はいずれ結婚しようと約束する。

ある時、宮は友人が開いたかるた大会に出かける。そこでダイアモンドの指輪を身につけていた、銀行家の御曹司富山唯継《とみやまただつぐ》に出会う。富山は宮を見初め、宮も富山に惹かれるようになる。

だが、貫一との約束もある。心の整理がつかなくなり、体調を崩した宮は、母と一緒に熱海に湯治へ出かける。

娘の気持ちを察した鴫沢夫妻は、富山との縁談を進める。そして貫一にはヨーロッパ留学を勧めた。貫一は、隆三に鴫沢家は継がせるが宮はあきらめてくれ、と言われる。

納得できない貫一は、熱海に行っている宮を追いかける。そして、熱海を散歩する富山と宮の姿を見てしまう。貫一は熱海の海岸で自分の思いのたけをぶつけた。そして、父や母に言われて仕方なく嫁に行くのかとも告げた。しかし、宮は首を縦には振らなかった。

「一月十七日、僕はこの日を忘れない」そう言って、絶望した貫一は鴫沢家を飛び出し、行方をくらました。

熱海の一件から四年が過ぎた。

貫一は、鰐淵直行《わにぶちなおゆき》という人物のもとで高利貸しの手代として働いていた。宮に対する愛憎の思いを抱えながら、日々を過ごしていた。財産のある富山に嫁いだ宮を見て、愛が金に負けたと思っていた貫一は、まるで復讐《ふくしゅう》のように金を扱う仕事をしていたのである。貫一は高利貸しの世界でめきめきと頭角を現していた。同業者である赤樫満枝《あかぎみつえ》は、夫があるにも関わらず、そんな貫一に好意を寄せていた。だが、貫一は見向きもしなかった。

ある時、自分の夫と赤樫満枝の仲を疑っていた鰐淵夫人から、二人の様子を見に行くよう頼まれる。そのため貫一は、田鶴見《たづみ》子爵邸で行われているパーティに行った。だがその時、ちょうど宮とその夫も招かれていたのである。

久しぶりに再会を果たした二人。

貫一は驚きと込み上げてくる怒りで、目に涙を浮かべていた。一方、宮は恐ろしさと恥ずかしさで胸がいっぱいになる。二人は無言ですれ違った。

宮は結局、貫一への思いを断ち切れずにいたのである。

夫との間には子供も生まれたが、すぐに亡くしてしまった。宮は熱海での出来事を忘れた日はなく、思い出す度に自分の過ちを悔いていた。

ある日の夜、貫一は路上で暴漢に襲われる。大怪我をしたものの、命に別状はなく、病院で療養していた。その病室に満枝が足繁く通っていた。そのころ、貫一の病室に鴫沢隆三が訪れる。貫一は冷たくあしらう。だが、隆三の貫一に対する気持ちは変わらなかった。今でも貫一の世話をしたい、と告げて帰るのだった。

ちょうどその頃《ころ》、鰐淵家が放火に見舞われる事件が起きた。鰐淵から金を借り、そのために私文書偽造罪で有罪になった、飽浦《あくら》雅之《まさゆき》という男がいた。その母が鰐淵家に火をつけたのである。病院にいた貫一は助かった。しかし、鰐淵夫妻はこの事件で命を落とした。

怪我が癒えた貫一は鰐淵家を訪れるが、家は跡形もなかった。

知らせを聞いて駆けつけてきた夫妻の息子直道《ただみち》。日頃から両親に高利貸しをやめるよう言い続けていた彼は、貫一にも高利貸しをやめるよう説得する。ありがたい言葉だと思うものの、貫一は聞き入れるどころか、ますます仕事にのめり込むのだった。

一方、宮の方は夫婦仲がだんだん冷えていっていた。富というものにも飽き、もともと愛し合って結婚したわけでもなかったのでなおさらである。夫が出歩くことが多くなり、宮もそれをとがめることはしなかった。そして、宮は貫一への思いを強くしていくのである。

ある時、宮は貫一の親友であった荒尾《あらお》譲介《じょうすけ》と再会していた。宮は、荒尾に貫一と別れたことを後悔していると告げた。後日荒尾は貫一と会い、貫一に今の境遇に対して忠告をした。そこへ満枝がやってくる。実は荒尾は満枝の高利貸しの客であったことが分かる。

思い詰めた宮は、ついに貫一へ手紙を出す。読むものの、燃やしてしまう貫一。時には破り捨てることもあった。だが、さすがに何十通も送られてくると、許すわけではないが、宮を心に留めるようになっていく。

ある日、貫一が駅の休憩所にいると、男女の会話が聞こえてきた。男は飽浦雅之であり、女はその婚約者であった。雅之は婚約者と別れようとしていた。自分の罪と母が犯してしまった罪に巻き込まないためである。聞いていた貫一は、自分と宮のことを思い返していた。

ある時、思い切って宮は貫一の元を訪れる。六年前の裏切りを泣いて詫《わ》びる宮。しかし、込み上げる怒りでどうしようもなくなっている貫一はとりあわなかった。宮は殺してくれとまで言い出す始末。

宮と言い争っているところへ赤樫満枝が訪ねてくる。満枝すら煩わしい貫一はそのまま家を出てしまう。宮は帰るしかなかった。

どうしても話があるという満枝のために、貫一は仕方なく家に戻る。満枝は貫一への気持ちをぶつけるが、貫一に届くことはなかった。

その夜貫一は、嫌な夢を見る。

宮と満枝が争っている。そして、短刀で宮が満枝を刺してしまう。宮は貫一に許しを請いながら、自ら喉《のど》を刺し、断崖《だんがい》から身を投げる。その姿を見て喜び、宮を許した貫一は、宮の後を追おうとしていたのである。

嫌な夢を見て以来、どうも落ち着かない日々を送っていた貫一は、仕事で塩原を訪れる。駅から車に乗り込み、景色を見わたすと、夢で見たような景色が広がっていた。そのことがまた貫一を落ち着かせなかった。

貫一は宿泊先の清琴楼《せいきんろう》の風呂場《ふろば》で妙な男を見かける。小柄でおどおどしたその男は、その晩は戻らず、翌朝一人の女を連れて帰ってきた。貫一はこの二人に自分と宮を重ね合わせ、愛に生きてほしいと密《ひそ》かに願っていた。

だが、二人は念仏を唱え、毒をあおろうとしたのである。話に耳をそばだてていた貫一は、あわてて部屋に飛び込み、間一髪で二人を助けた。そして改めて二人の事情を聞いた。

男は狭山元輔《さやまもとすけ》といい、東京南伝馬町《みなみでんまちょう》にある幸菱《こうびし》という紙問屋の支配人である。女は静《しず》といい、新橋で芸者をしていた。

狭山は女のもとに通うために店の金に手を着けてしまった。それが主人の知るところとなった。だが、今までの店への貢献に報い、とがめられずに済む。その代わり、主人の姪《めい》と結婚するようにと言われたのである。また、女の方は、嫌いな客からの身請けが決まっていた。将来に絶望した二人は心中しようとしたのである。驚くことに、女を身請けする人物というのは、富山唯継。宮の夫であった。

これを聞いた貫一は、身請けの金の肩代わりを申し出た。そして、二人の身元を引き受けると申し出たのである。二人が真実の愛に生きようとしていることに感動してのことだった。

狭山、静と暮らすようになった貫一のもとへ、また宮の手紙が届いた。手紙にはやはり熱海でのことの謝罪と、これまでの思いがしたためられている。これまでとは違い、手紙をじっくり読み、そのまま物思いにふける貫一であった。

「一体男と女とでは、だね、どっちが情合が深い者だろうか」

幸田露伴

東京府立一中を中退し、東京英学校（現・青山学院大学）へ。この頃《ころ》、後の作風のもとになる漢籍などに触れる。その後電信修技学校へ入学。卒業後、電信技師として北海道余市に赴任。その頃坪内逍遥の『小説神髄』に感動し文学を志す。後に官職を辞して帰京。『露団々』『風流物』を発表。『五重塔』で擬古典主義の作家として人気を集める。なお、露伴の娘は、後の作家幸田文である。

御上人様御慈悲に今度の五重塔は私に建てさせて下され。

五重塔

幸田露伴――

江戸時代、「のっそり」とあだ名される大工がいた。名前は十兵衛《じゅうべえ》。腕には絶対の自信があるものの、要領が悪く、世渡り下手だった。そのため、実入りのよい仕事を取り逃がし、長屋の羽目板《はめいた》や馬小屋の箱溝を細工する数仕事に明け暮れていた。したがって生活は苦しく、貧しい暮らしを送っていた。

そんな十兵衛に転機がおとずれる。人々から信仰を集めている感応寺《かんおうじ》という寺があり、この寺に五重塔を建立するという話が持ち上がったのである。

感応寺の住職朗圓《ろうえん》上人は、寺で学ぶ学徒のために、堂を広げたいと言っていた。それを聞きつけた学徒からたくさんの寄付金が集まった。当初の目的である堂を広げるには十分な金額だった。寄付金が残ったため、その使い道として五重塔建立が決まったのである。

五重塔は、この寺の堂の普請もした源太《げんた》が棟梁《とうりょう》となって建立にあたることになっていて、すでに見積もりまで命じられていた。源太は十兵衛の親方である。しかし、話を聞いた十兵衛は自分にやらせてほしいと言った。棟梁としての実績がない十兵衛は上人へ直訴することにした。

十兵衛は寺へ出向き、上人に会わせてほしいと頼むが、粗末な身なりから、門前払いにあう。だが、ちょうどそこへ上人が通りかかった。上人は十兵衛を招き入れ話を聞くことにした。

十兵衛は、腕に自身がありながらも、これまで不運に見舞われよい仕事をもらえず不遇の日々を過ごしてきたことを涙ながらに語った。そして、建立の話を聞いてから、毎日こつこつ作り上げた五重塔の五十分の一の雛形《ひながた》を差し出し、どうか自分に棟梁をやらせてほしいと深く頭を下げた。

話を聞いた上人はいたく感動し、雛形の出来栄えに感心した。これだけの思いを持つ十兵衛こそ、今回の棟梁にふさわしいと思った。しかし、源太もすばらしい棟梁である。かつて堂を建立した実績もあり、人望もある。何よりすでに見積もりまで命じている。困った上人は、どちらが棟梁になるかは二人で相談して決めてはどうかと提案した。また、相手に譲る気持ちをもって協力すれば、思いは報われることを説いて聞かせた。

二人は悩む。悩んだあげく、源太が一つの提案を持って十兵衛の家を訪れる。二人で半分ずつ請け負い、源太を主、十兵衛を副として協力して塔を建てるという案である。ところが、十兵衛はうんとは言わなかった。一つの仕事を自分の手で仕上げたいという信念を曲げようとはしなかった。そのため、源太の妥協案にも耳を貸すことはなかった。源太は腹を立て、己一人で建てると言い残し去る。

十兵衛の妻お浪《なみ》は源太に詫《わ》びた。そして十兵衛に源太の案に従うよう諭す。だが十兵衛は聞かなかった。

源太は家に帰ってもまだ考え続けていた。しかし、どうしようもなくなり、感応寺へ出かける。上人にすべてを話し、どちらかを選んでくれるよう頼んだ。すると上人は思いがけないことを言った。十兵衛も今し方、同じことを言って帰ったという。上人は源太の心意気を褒《ほ》め、十兵衛を可愛がるよう言った。すべてを飲み込んだ源太は、十兵衛の仕事に協力することを決めた。

感応寺から十兵衛のもとへ、五重塔の棟梁に命じるという知らせが来る。後日、十兵衛は源太に呼ばれた。源太は、上人から十兵衛を助けるよう言われていると告げ、優秀な職人達を紹介した。しかし、費用や図面を出し始めると、それまで泣いて喜んでいた十兵衛の態度が変わった。人のした仕事を自分の手柄にするようなことはしたくない、と言うのである。仕事はあくまで自分の手でやり通したいためであった。

五重塔の普請が始まる。源太の弟子清吉《せいきち》は不満がつのっていた。元々十兵衛にいい思いをもっていなかったのだが、今回のことでその思いが一層深まり、いつか恨みを晴らそうと考えていた。

十兵衛が職人に仕事の指示をしていたある日、突然清吉がやってくる。清吉が怒鳴りながら十兵衛にむかって斧《おの》を振り下ろした。十兵衛は左耳を切り落とされ、肩を怪我した。源太は十兵衛に詫び、清吉との縁を切る。

翌日、痛みをこらえながら十兵衛は普請場にやってきた。十兵衛の覚悟を知った職人達は、その日から十兵衛のよい手足になって働いた。

一月末、塔は完成した。出来栄えのすばらしさに、かつて十兵衛を軽んじていた人々も賞賛する。

だが、落成式直前の夜、暴風雨が塔を襲う。塔のあちこちは激しく揺れた。心配した寺の人々は、十兵衛に寺に様子を見に来るよう伝えた。しかし十兵衛は、暴風雨で倒れるようなもろい作りではない、と言って動かなかった。だが人々は、上人が呼んでいると偽って連れ出した。上人まで自分の仕事を疑っているのかと悔しさをにじませたが、十兵衛は五重塔へ赴いた。

嵐《あらし》は去った。人々は何一つほころびのない五重塔に驚く。塔をつくった十兵衛は塔が倒れたら死ぬつもりだった。親方の源太も大雨の中、塔を見回っていた。すばらしいものだ、と人々は口々に褒め称《たた》えた。

落成式が終わった日、上人は源太と十兵衛を呼んで二人の銘を塔に記した。二人は上人に平伏した。

田山花袋

群馬県出身。本名、録弥。独学で文学を志し、尾崎紅葉に師事した初期には浪漫的な作風の小説を書いたが、後に自然主義に移行。自己の生活に取材した『蒲団』は、文壇に大きな影響を与え、後の私小説隆盛のきっかけとなる。ほかに『田舎教師』『一兵卒』『妻』などの作品がある。日本自然主義を代表する作家である。

これが事実だから仕方がない、
事実！　事実！

蒲団

田山花袋——

三十代半ばになった作家、竹中時雄《たけなかときお》は、収入を補うため、ある書籍会社で地理の書物の編集を手伝っている。時雄は日々の生活に飽きていた。新婚の快楽は消え、作家としてのライフワークに取り組む気力もない。時雄は身を置くところがないほど寂しかった。新しい恋をしてみたかった。そんな時雄のもとに、備中の女学生から崇拝の念のこもった手紙が届くようになった。横山芳子《よこやまよしこ》、十九歳。その文章が巧みであることは、驚くほどである。やがて芳子は、「先生の門下生になって、一生を文学に従事したい」という希望を書いてよこした。

芳子が父親に連れられ、時雄の家を訪れたのは、ちょうど時雄の妻が三人目の子供を出産した頃《ころ》であった。芳子の実家は裕福な家庭で、両親共にクリスチャンであるという。美しく、理想や虚栄心の高い点で、芳子は明治の女学生の長所と短所を遺憾なく備えていた。

最初の一月ほど、芳子は時雄の家に住んだ。若い生き生きとした女が同居することで、時雄の寂しい生活は一変した。しかし、妻の実家で、この美しい女弟子の存在が物議をかもしたこともあり、芳子は、時雄の妻の姉の家に移ることとなった。時雄と芳子は、師弟の関係としては親密すぎたかもしれない。といっても、実際には何も特別な関係があったわけではない。実は、そうなる機会は二度あったのだが、どちらの機会も、時雄はそれを利用することはしなかった。

一年半後の九月。芳子に恋人ができた。京都の同志社の学生でクリスチャン、神戸教会の秀才、田中秀夫《たなかひでお》という名の二十一歳の男である。一時帰郷していた芳子が東京に戻る際、京都で二日間、その男と一緒に過ごしたという。しかし、二人の関係は精神的なもので、決して「汚れた行為」はない、というのが、芳子の弁明であった。時雄は、愛するものを奪われたことに煩《はん》悶《もん》しながらも、二人の恋のために尽力すべき立場に追い込まれてしまう。

しばらくして、東京に出てきた田中を芳子が迎えに出るという事件が起こった。時雄は酒の勢いで、芳子を自宅に連れ戻しに出かけた。途中、時雄は妻を熱烈に愛した過去を思い浮かべた。自分の心の矛盾、無節操。しかしそれは、今の時雄の胸の内に、何の動揺ももたらさなかった。事実だから仕方がない、と思うばかりだった。

芳子は、時雄の家に戻ることになった。一時的であるにせよ、芳子を占領したことで、時雄は安心もし、満足もした。芳子も、自分の恋の庇護《ひご》者として、時雄を深く信頼している様子。ところが一カ月が過ぎた頃、平和は再び掻《か》き乱されることになる。田中がまた東京に出てくる、しかも同志社を退学し、教会からも抜け、時雄を頼って文学で身を立てるつもりだというのである。「ばかな！」時雄は一喝し、芳子に止めるよう勧めるが、今から手紙を書いても間に合わないとのことだった。

時雄は、東京で下宿を借りた田中に会いに行った。会ってみると、聞いていたほどの秀才とは思えず、また、率直なところのない話し振りにも、不愉快を感じた。京都に戻るよう言ったが、承知する様子がない。逆に田中から「どうかこのまま東京に置いてくれ」と頼み込まれ、二人の恋の「温情なる保護者」としての立場に追い込まれる始末だった。

翌年の一月、時雄は手伝っている地理書の編集の関係で出張していたが、そこに芳子からの手紙が届いた。「私らは私ら二人で、できるだけこの世に生きてみようと思います」。芳子は、上野図書館の見習い生の求人に応募するつもりだという。時雄は、これまでの自分の行為の「不まじめさ」を思い、「まじめな解決」をしなければならないと考えた。そして、思い惑ったあげく、自分と芳子、田中、そして芳子の親との会談を要請する手紙を、芳子の実家に書くことにした。

会談は、時雄の家で行われた。芳子の父親と時雄は、いったん京都に戻るよう田中に勧めるが、田中の態度は煮え切らない。結局「よく考えて、二、三日後に返答をする」ということに落ち着いたのだが、会談を終えた時雄の胸に、ふと、芳子と田中、二人の関係について……本当に二人の恋は精神的なものだけなのか……という疑惑が生じた。それを確かめるため、時雄は田中からの手紙を見せるよう芳子に迫る。が、「みんな焼いてしまいました」というのが、芳子の返答だった。芳子も悩んだに違いない。その晩、芳子は食事もせずに部屋に閉じこもっていたが、手紙で時雄に告白した。「先生、私は堕落女学生です。私は、先生を欺きました」。

芳子は、父親に連れられ、郷里に戻ることとなった。時雄はわびしさを感じたが、愛する女を、競争者の手から父親の手に渡したことで、愉快な気持ちも感じるのだった。田中が自宅にやってきたが、追い返した。芳子と、その父を駅まで見送る。田中もひっそりと見送りに来ていたが、時雄は気づかなかった。汽車は動き出し、時雄は再び、以前の寂しい生活へと戻った。

五日後、芳子から手紙が届いた。堅苦しい筆致で、謝罪と礼の言葉が綴《つづ》られていた。読み終えた時雄は、二階に上がり、そして、芳子が常に使っていた蒲団《ふとん》を引き出した。女の懐かしい匂いと、油の匂い。時雄はその蒲団を敷き、汚れたビロードの襟に顔をうずめて、泣いた。

泉 鏡花

石川県金沢市出身。幼い頃に母を亡くし、この体験が少なからず作品に影響を及ぼす。北陸英和学校中退後、小説家を目指し上京。尾崎紅葉に師事する。最初は『外科室』など、観念的な作品を発表していたが、後年は浪漫主義的な作風となる。ほかに『草迷宮』『婦系図』などがある。

やあ、大分手間が取れると思ったに、ご坊様旧《もと》の体で帰らっしゃったの。

高野聖

泉 鏡花――

私はある旅籠屋《はたごや》で、高野山《こうやさん》に籍を置く僧から、若い頃《ころ》に体験した不思議な話を聞いた。

僧は飛騨《ひだ》から信州《しんしゅう》へ抜ける山道を歩いていた。しばらく歩くと、深い山の中で分かれ道に出た。そして、自分を追い越し、先に進んでいた薬売りが左側の道に入っていったことを知った。地元の百姓に聞くと、真っ直ぐ進む道は今の本道で、左側は五十年前まで使っていた旧道だという。近道ではあるが決して人が安全に通れる道ではない。先日も迷い人を捜索するのに、巡査や村人をたくさん動員して用心して探したくらい、危ない道だという。これを聞いて薬売りの身を案じた僧は、人助けと思い、彼を追いかけて左側の道へ入っていった。

左側の道は大変気味の悪い道であった。途中たくさんの蛇が道をふさいでいた。また、上からは蛭《ひる》が降ってくる。僧は、着物の中に入ってきて血を吸う蛭を払いながら山道を歩いた。

山道を相当歩き、疲れ果てて、これ以上進めないと思った時に、馬のいななく声が聞こえた。見ると一件の民家が目に入った。僧は近づいて縁側にいる男に話しかけてみるが、返事がない。しばらくすると奥から一人の女が現れた。あまりの美しさはこの世のものとは思えないほどだった。どうやらこの家には、縁側にいる男とこの女、それともう一人中年の男の三人で暮らしているようであった。

今日はもうこれ以上動けないと思った僧は、女に一晩泊めてほしいと頼む。女は少し考えながら、この先に泊めてくれる民家もないでしょうから、と僧を泊めてやることにした。

僧が汗をかいていることに気がついた女は、近くの川まで僧を連れて行った。川に着くと夜は更け、月が出ていた。僧が汗を流そうとすると、「背中を流してあげましょう」と女はむりやり僧の着物を脱がした。女は自らも着物を脱いで全裸になり、蛭に吸われた僧の体を優しく洗い流してやった。女に背中を流されていると、僧は花に包まれるような気分になり、えも言われぬ心地よさを感じていた。

川への行き帰り、なぜかいろんな生きものが女にまとわりついて来た。蛙《かえる》が足に噛《か》み付いたり、蝙蝠《こうもり》や猿が飛びついた。そのたびに女は「お客様がいらっしゃるのだから」と人を諭すように話しかける。その姿を見て、僧は少し気味が悪くなっていた。

家の近くまで来ると、さっきの中年の男がちょうど馬を売りに行くところに出くわした。中年の男は僧を見て、元の体で戻ってこられたのですね、とおかしなことを言った。

売られようとする馬は、女を見ると足を踏ん張り、全く動かなくなってしまう。だが、女が胸をはだけ、馬を撫《な》でてやるとおとなしくなり、素直に歩いていくのであった。

女はここに来る途中誰《だれ》かに会ったかと僧に尋ねた。僧は薬売りが先に歩いていたのだが、ここに来なかったかと問うと、いいえと言って笑みを含んだ顔をした。

縁側に座っていた男は病を患っているようだった。夕餉《ゆうげ》の時間、何かとむずかり女を困らせていた。少し疲れを見せながらも、かいがいしく世話をする女の姿を見て、僧は気の毒なものを感じた。

その夜、僧は寝ようとするがなかなか寝つかれない。外に何かがいて、家を取り囲んでいるような気配がするからである。時折、女が「今日はお客様があるんだよ」と外に向かって言っていた。僧は心を静めるため経を唱え始める。すると南風と共にあたりが静まり返った。

翌日家を出た僧は迷っていた。寂しい境遇にいる女に未練が残り、修行をやめて残ろうかと考えていたのである。その時、昨日馬を売りに行った中年の男が戻ってくるのに出会う。馬を売って鯉《こい》を買い、帰る途中だった。男は僧が迷っていることを見抜き、「お坊様は志が強かったから助かったんじゃ。お嬢様を一体何だと思わっしゃる」と、女の素性を僧に話して聞かせた。

男が言うには、女は元々医者の娘であったという。昔からその手に触れると病が癒《いや》されると評判だった。縁側に座っていた男は女の父の患者であった。当時は子供だった男は、その頃から女になつき、女も可愛がっていたという。

ある日、治療後の容態が思わしくない男に女が付き添って家まで送って行くことになった。男の家にしばらく逗留《とうりゅう》していた時、村が洪水に遭った。助かったのは女と男、そして二人の付き添いをしていた中年の男だけだという。

洪水の後ぐらいから、例の病を癒す力に神通力のようなものが加わり、人を獣に変えられるようになった。それ以来女は山を出ることもなく、家にいる男の世話をしながら生活していた。そして時折、旅の途中の若い男を捕まえては誘惑し、飽きると獣に変えていた。

つまり、川の行き帰りにまとわりついたり、家の周りを取り囲んだりしていた獣は、以前女に獣にされてしまった旅人だったのである。男は、昨日売りに行った馬も僧の前を歩いていた薬売りだと明かした。「せっかく助かったのだから、ここを早く立ち退いて、精一杯修行をなさりませ」といって男は去っていった。

徳冨蘆花

同志社英学校に学ぶ。熊本英学校で教師をしていたが、兄徳冨蘇峰が設立した出版社・民友社に入り、校正や翻訳の仕事をするようになる。明治三十一年「国民新聞」に『不如帰《ほととぎす》』を連載し、一躍人気作家となった。思想的価値観の相違から、兄とは次第に疎遠になる。これは蘆花が亡くなるまで続いた。和解したのは蘆花が亡くなる直前である。

これは——持って——いきますよ。

不如帰

徳冨蘆花——

上州伊香保千明《じょうしゅういかほちぎら》の三階で、夕景色を眺めている女性がいる。年は十八から十九の頃《ころ》、品のよさそうな丸髷《まるまげ》を結って、草色の紐《ひも》のついた縮緬《ちりめん》を着ている。女の指には燦然《さんぜん》と輝く指輪。彼女は夫を待っていたのだ。

女は、陸軍中将片岡《かたおか》子爵の娘浪子《なみこ》、彼女は八歳の時実母と死に別れた。後妻となった継母は、幼い頃から聡明であった浪子を疎ましく思い、つらくあたっていた。父は、継母がつらくあたる分、浪子に愛情深く接した。浪子は父と継母の気持ちを察し、継母の仕打ちを我慢していた。浪子も年頃になり縁談が決まった。縁談が決まった時、浪子をはじめ、父も、継母も、叔母までも、皆息をついた。彼女が待つ夫は、海軍少尉男爵の川《かわ》島武男《しまたけお》である。

ある日、二人のもとに来客があった。武男の従兄、千々岩安《ちぢわやす》彦《ひこ》である。近くに寄った折に、二人を祝福しに来たと安彦は言うが、浪子と二人きりになったとたん、自分と結婚しなかった彼女を酷《ひど》く責めた。

安彦は軍の参謀本部に勤めていた。孤児であり、叔母である武男の母に育てられた。安彦は常日頃、自分と武男の境遇の違いを恨んでいた。武男は叔父の地位と財産を受け継ぐことができるが、孤児である自分には何もない。せめて金持ちの娘と結婚し、その地位と財産を我が物にしようとたくらんでいた。その相手として浪子を狙《ねら》っていたのである。

武男の母お慶《けい》は、リウマチ持ちであったが、それ以外は健康な女性である。嫁いできた頃姑に酷くいじめられていたので、まるでそのうっぷんを晴らすかのように、浪子にも日々つらくあたった。

しかし、浪子は我慢して姑に仕えながら、軍にいるため留守がちな夫の帰りを待っていた。二人の間をつなぐ物は手紙であった。

——五月には、伊香保にいたね。二人で蕨《わらび》をとった。その時が今でも思い出されるよ。　　　　　　　　　　　　武男——

——誠におはずかしいのですが、あなたに早く会いたい。翼があれば、飛んで行きたいくらいです。写真を眺め、あなたを思っております。　　　　　　　　　　　　浪子——

正月になると、昨年の夏から遠洋航海に出ていた武男が帰国する。数日後、安彦とつながりのある山木兵造《やまきひょうぞう》という商人の屋敷で新年会が開かれる。武男は母に言われて、仕方なく出かけた。その新年会には安彦も来ていた。安彦を見た武男は、山木がいる目の前で付き合いを絶つと言った。これは、数日前、武男のもとに見知らぬ客が来たことに端を発する。その客は借用書を見せ、武男に借金の返済を迫った。借金は、安彦が武男に無断で作ったものだった。武男は借金の肩代わりをしたが、怒りは頂点に達していたのである。

山木の前で恥をかかされた安彦は、ますます武男を恨みに思うようになるのだった。

三月の初め、浪子は喀血《かっけつ》する。結核だった。浪子を疎んじていたお慶もさすがに驚き、別荘で療養させることにした。武男はできるかぎり浪子を見舞った。だが、容態は芳しくない。

安彦は新年会の一件から何事もうまくいっていなかった。仕事も、参謀本部から別の師団へ左遷されていた。その時浪子が結核のため、逗子《ずし》で療養していることを聞きつける。安彦は武男と浪子に復讐《ふくしゅう》するため、武男の留守中にお慶に浪子の悪口をふき込んだ。

五月の初め、帰省していた武男に、お慶は浪子との離婚を勧めた。理由は病気伝染の恐れと、家系断絶への懸念であった。

武男は怒り、浪子と離婚するなら自分の命もないとお慶に告げた。そして留守中に離婚させないよう約束させた。

その二週間後、浪子の容態が悪化する。山木が川島の名代として片岡家を訪れる。事情を説明し離婚を迫った。父である片岡中将は何も言わずに承諾する。それから二週間後、浪子のもとに実家から迎えが来る。何も知らされていなかった浪子は、実家で自分の嫁入り道具が送り返されているのを見て、すべてを悟った。父と浪子は抱き合い、泣き続けた。

航海を終えて帰ってきた武男は事情を知って激怒する。約束を破った母に縁を切ると言い、再び出征していった。その頃片岡家でも浪子の父片岡中将が出征するところだった。

日清戦争の最中、戦況は差し迫っていた。日本軍は次々に中国大陸へ兵を出し続けていた。

黄海《こうかい》上には武男が乗った戦艦があった。戦闘の末、武男は負傷してしまう。武男は佐世保《させぼ》の病院に入院する。その武男のもとへ差出人の分からない荷物が届いた。武男は宛名の筆跡から浪子からだと察する。武男の胸は浪子への思いであふれるのだった。

秋の初め、逗子の海岸を浪子は一人で歩いていた。武男と離婚してから生きる気力をなくした浪子は、浪子を思わない日はない、と書かれた武男の手紙を胸に、海に身を投げようと思っていたのである。しかし、通りがかりの老婦人に助けられる。

日清戦争が終結した。この戦争で安彦が戦死した。武男は久しぶりに家に帰るが、浪子はいない。考えたあげく、逗子へ浪子を訪ねた。しかし、浪子は片岡中将と京都へ旅行に行った後だった。失意の中、武男は仕事のため門司《もじ》へと向かう。

京都から東京へ帰ろうとしていた浪子は、列車で山科駅に着いていた。列車の窓を開け外を眺めていると、西へ向かう列車が入ってきた。東京行きの列車が発車するその時、向かいの列車に乗った男と目が合う。それはまさしく武男だった。浪子は身を乗り出し、持っていたハンカチを投げた。武男は浪子のハンカチを拾い、何かを叫んでいたが、走り去る列車がすべてをかき消した。

七月七日。京都から戻った浪子の病状は、酷く悪化していた。名医が絶え間なく出入りして、浪子の病状を見守ってきたが、その甲斐《かい》もなく数度の喀血、心臓の痙攣など、手の施しようがなくなってきた。

浪子の暮らす屋敷の離れに、叔母の加藤子爵夫人が訪れる。人払いをし、浪子は、
「これを——届けて——私が亡くなった後で」と、手紙を加藤子爵夫人に託す。そして、武男から送られた指輪を想い、「これは——持って——いきますよ」。

浪子は、女性に生まれたつらさを口にした。

浪子は、集まった皆に別れを告げ、この世を去った。

出張先で加藤子爵夫人からの手紙で、武男は浪子の死を知っ

た。武男は、加藤子爵夫人のもとを訪れ、今わの際の浪子の話を聞く。そして、浪子の墓を訪れたのである。

武男は、墓前で浪子の手紙を読みながら我を忘れて泣きに泣いた。新婚の日の、伊香保での様子をはじめ、二人の思い出が稲妻のように蘇《よみがえ》る。

「浪さん、なぜ死んでしまった！」

そこへ片岡中将が現れた。浪子の墓前で会った二人。中将は「私もつらかった！　浪子が死んでも、私はあなたの親父だ。久しぶりに、話そうじゃないか！」と、涙を流して武男の手を取った。

伊藤左千夫

千葉県出身。本名、幸次郎。政治家を志し、明治法律学校（現・明治大学）で学ぶも中退する。正岡子規に短歌を学び、雑誌「馬酔木」「アララギ」を主宰するなど、歌人としても有名。小説では『野菊の墓』『隣の嫁』『春の潮』などが代表作。歌集では『左千夫歌集』が有名である。

民《たみ》さんは野菊の中へ葬られたのだ。

野菊の墓

伊藤左千夫――

「僕」（＝政夫《まさお》）の実家は、矢切《やぎり》の渡《わたし》を東へ渡った丘の上にある、やはり矢切村という名の村の旧家だった。母が病気だったので、親戚《しんせき》の民子《たみこ》という女の子が、手伝いと看病のため家に来ていた。当時、僕は数え年の十五歳（満十三歳）、民子は数え年の十七歳（満十五歳）だった。

二人は大の仲良しだった。民子は、色白の可愛らしい子で、いつも生き生きとして元気がよく、そのくせ気は弱くて、憎らしいところが少しもなかった。僕が部屋で読書をしていると、掃除にかこつけてのぞきに来ては、「私も本を読みたい、手習いをしてみたい」と言ったり、無邪気ないたずらをしたりする。それで僕の母から、いつも叱《しか》られるのだった。

「また民は政の所に入って。お前は手習いより裁縫です。裁縫ができなくては、嫁に行かれません」。

僕と民子があまりに仲がよいため、近所の噂《うわさ》になってしまい、兄嫁が母に注意をしたらしい。ある時母が僕たち二人を前に、「十五、六になれば、もう子供ではない。二人も、あまり仲がよすぎると、人があれこれ言うそうじゃ」と、小言を言った。それからというもの、民子は僕の部屋に顔を出さなくなった。二人の間に、垣根ができたような具合である。それでもある日、茄子《なす》畑で出会ったことがある。その時僕は、民子が美しく可愛らしいことに改めて気がついた。母から小言をもらったことで、かえって民子を女として見るようになっていた。

村の祭も近い、陰暦の九月十三日のこと。僕と民子は、一緒に山畑の綿を採ってくることになった。途中、僕は野菊の花を一握りほど採った。

「民さんは、野菊のような人だ」

「それで政夫さんは、野菊が……」

「僕、大好きさ」

そんな偶然の会話だけで、幼い二人は、もう先を続けることができないのだった。民子は言葉少なく、自分が僕より年上であることを気にしている話などをした。畑に着いて仕事を片付けてしまい、そろそろ弁当に、という時間になった。僕が「山一つ越した先の泉で水を汲《く》んでくる」と言うと、民子は「一人でいるのは嫌だ。一緒に連れて行って」と頼む。二人は泉へ向かった。道もない笹原《ささはら》や崖《がけ》を進むのであるから、しばしば僕は民子の手を握ることになった。初めてのことだった。泉に着くと僕は、水を汲むついでに、竜胆《りんどう》の花などを採った。民子は、頬《ほお》に竜胆の花を押しつけ、にこにこ笑いながら言った。

「政夫さんは竜胆のような人だ」

「民さんが、竜胆を好きになってくれれば、嬉しい」

その夜、家に帰りついた時には一家は夕飯の最中で、どうやら二人の帰りの遅いのを邪推している様子だった。「お母さんが甘すぎる。二人を一緒に山へやるなんて」というのが、家族の相談の結論。とにかく二人を引き離そうというので、僕は予定よりも早く、祭が終わったらすぐに千葉の中学にやられることになってしまった。

十四日は祭の初日で忙しく、十五、十六日は、部屋に閉じこもって過ごした。ただ、民子のことを思うばかり。十六日の午後には、民子に手紙を書き、民子が年上であることなど僕は少しも気にしていないこと、千葉の学校には行かなければならないけれども、本当は民子と別れたくはないことなどを記した。

その年の十二月、僕が千葉から帰省した時、民子は実家に帰されていた。母は民子を非常に可愛がっているのだが、兄嫁が母を説得して帰してしまったとのことだった。夏休みには家に戻らず、次に僕が帰省したのは、年末のことだった。その時僕は母から「民子が嫁に行った」と聞かされた。嫁ぎ先は裕福な家だという。僕はそれでも、僕が民子を思う気持ち、民子が僕を思う気持ちは、決して変わらないと信じていた。

月日が過ぎて、六月二十二日のこと、僕は電報で故郷へと呼び戻された。何事が起こったのか。急いで戻り、まずは母の寝所へと向かう。母は僕の顔を見ると、声をあげて泣いた。「政夫、堪忍してくれ。民子は、死んでしまった。わたしが殺したようなものだ」。

それから先は言葉が続かず、泣くばかりである。兄嫁が代わりに事情を語ってくれた。聞けば、民子の縁談は、親戚一同が望むよい条件のものだったが、民子本人は不承知だったのだという。民子の実家は困り果て、僕の母に説得を依頼したのだった。母は民子に、「お前は政夫のことを思っているのかもしれないが、それはあきらめてくれ」と通告したという。それで民子は、気が進まないまま嫁入りし、その後妊娠。しかし流産し、後の肥立ちが非常に悪く、ついに死んでしまったのだという。

翌日、僕は民子の実家へ赴き、墓参りをした。ふと気づく、野菊を持ってきて、墓へ植えてやればよかった、と。あたりを見回すと、不思議なことに、野菊が植わっているのだった。

その後、民子の祖母から、民子の臨終の話を聞いた。最後の言葉は、「私は死ぬのが本望です。死ねば、それでよいのです」というものだった。その後、何か僕のことについて言ったらしいが、もう誰《だれ》も聞き取れなかった。死後、左手に、布に包んだ小さなものを握っているのを、民子の母が見つけたという。その中には、僕の写真と手紙が入っていたそうである。

三四郎

「迷える子《ストレイ・シープ》」と美禰子《みねこ》が口の内で言った。

夏目漱石

熊本から大学入学のため上京してきた三四郎は、英語教師の広田先生、同郷の先輩の野々宮、友人の与次郎などと交遊を重ねながら、次第に成長していく。ある時三四郎は、野々宮の妹の友人である自由奔放な女性、美禰子と知り合う。

三四郎の知る世界は、遠くにある故郷熊本の世界、広田先生や野々宮のいる学問の世界、そして美禰子に代表される華やかな世界の三つに分裂する。三四郎は美禰子に惹《ひ》かれていくが、淡い恋はそれ以上進展することなく、やがて美禰子はほかの男と結婚してしまう。

雁

お玉の目はうっとりとしたように、岡田の顔に注がれていた。

森　鷗外

明治十三年のこと。「僕」の下宿仲間に「岡田」という医学生がいた。近所には、「お玉」という名の高利貸しの妾《めかけ》が住んでいたが、ある時岡田が蛇を退治してやったことをきっかけに、お玉は岡田に慕情を抱くようになる。これまで、薄幸な運命に従順なお玉であったが、高利貸しという自分の旦那の職業や、その妾である自分の立場に、次第に疑問を抱くようになっていく。そしてとうとう、岡田に自分の気持ちを伝えようと決心する。

ところが、その日、下宿の食事に青魚《さば》のみそ煮が出たために、お玉の決心は果たされずに終わる。青魚の嫌いな「僕」が、岡田を散歩に誘い出したため、二人は会えなかったのである。岡田は散歩の途中、池にいる雁を逃がすつもりで石を投げ、逆に殺してしまう。翌日、お玉の想いを知ることもなく、岡田は外国に旅立つ。

武蔵野

武蔵野に散歩する人は、道に迷うことを苦にしてはならない。

国木田独歩

千葉県出身。東京専門学校中退。新聞記者を経て、小説家となる。代表作に『武蔵野』『源叔父』『牛肉と馬鈴薯』などがある。

武蔵野の面影は入間郡に残っている、と古い地図にはある。「自分」は絵や歌でばかり想像している武蔵野を、実際に見てみたい、昔の武蔵野の面影が今は果たしてどうなっているか知りたい、と武蔵野を訪れる。そして、「武蔵野の美・詩趣は、今も昔に劣らない」と感じる。

昔の武蔵野は原だったが、今の武蔵野は林である。落葉樹の林の秋の美しさは素晴らしい。谷底には水田があり、高台には畑がある。自然と生活の混在する特異な趣がある。

夏の武蔵野にもまた秋・冬とは違う美がある。
今の武蔵野に東京を含めることはできない。しかし東京市街の一端、いわば町外れの光景は、都会の生活の名残と田舎の生活の余波が重なり、社会の縮図を思わせる詩趣が感じられる。

牛肉と馬鈴薯

喫驚《びっくり》したというのが僕の願《ねがい》なんです。

国木田独歩

ある夜、七人の男が人生観を話していた。上村は、理想と実際は一致しない、一致しないのならば、理想に従うよりも実際に服するのが理想だと話す。そして、理想を馬鈴薯に、実際を牛肉にたとえ、人間は馬鈴薯党と牛肉党の二つに分けられると言う。上村は理想を求めて北海道へ行き、額に汗して働こうとするが辛抱できず帰ってきた。今は馬鈴薯党ではなく、実際主義で、金がかせげて、腹が減ったら牛肉を食う牛肉党だと話す。また、岡本はある少女との恋愛について話す。ある夜、少女の態度からその死を予感する。二人で北海道に移る計画を立て、岡本がその準備のため北海道に行っている間に少女は死んでしまう。少女が生き返ることが願いだが、本当の願いは驚きたいということだと言う。習慣の圧力を逃れて、驚きたい。人間は驚く人と平気な人に区別でき、自分は驚く人になりたいと話す。

大正編

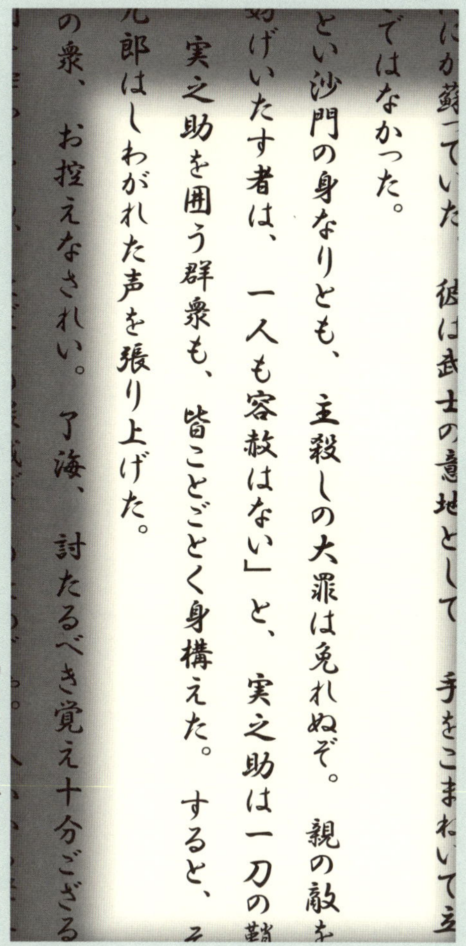
にか蘇っていた。　彼は武士の意地として　手をこまねいて
ではなかった。
とい沙門の身なりとも、　主殺しの大罪は免れぬぞ。　親の敵
けいたす者は、　一人も容赦はない」と、　実之助は一刀の
実之助を囲う群衆も、　皆ことごとく身構えた。　すると、
郎はしわがれた声を張り上げた。
の衆、　お控えなされい。　了海、　討たるべき覚え十分ござる

『恩讐の彼方に』より

大正期文学年表

1913	森鷗外『阿部一族』	
		耽美派・白樺派（明治末から引き続き活動）
1914	夏目漱石『こころ』	
1915	芥川龍之介『羅生門』	新現実主義の作家たち（芥川龍之介・菊池寛ら）の登場
1916	森鷗外『高瀬舟』	
	芥川龍之介『鼻』	
	夏目漱石『明暗』	
1917	有島武郎『カインの末裔』	
	志賀直哉『城の崎にて』『和解』	
	菊池寛『父帰る』	
		私小説の流行
1918	有島武郎『生れ出づる悩み』	
	芥川龍之介『地獄変』	
	葛西善蔵『子をつれて』	
1919	菊池寛『恩讐の彼方に』	
	武者小路実篤『幸福者』『友情』	
1920	志賀直哉『小僧の神様』	
	菊池寛『真珠夫人』	
1921	志賀直哉『暗夜行路』	
1923	横光利一『日輪』	
1924	谷崎潤一郎『痴人の愛』	新感覚派（横光利一・川端康成ら）の登場
1925	梶井基次郎『檸檬』	
1926	川端康成『伊豆の踊子』	

大正期前半の文学は、明治の流れを引き継いで発展していく。鷗外・漱石は依然として旺盛《おうせい》な創作意欲を誇り、また自然主義に拠《よ》る島崎藤村《しまざきとうそん》や田山花袋《たやまかたい》も健在だった。

しかし、大正期の大きな文学的潮流は、明治後半に登場した耽美《たんび》派と白樺《しらかば》派であるとされる。自然主義の事実偏重に飽き足らず、美を追求した耽美派の代表は、谷崎潤一郎《たにざきじゅんいちろう》である。彼は作家として長い寿命を保ち、昭和期にも長く第一線の現役作家として活躍した。白樺派とは、雑誌「白樺」に作品を発表した有島武郎《ありしまたけお》・志賀直哉《しがなおや》・武者小路実篤《むしゃのこうじさねあつ》らのグループを指す。それぞれ独自の作風をもっていたが、共通点は人間の善意や理想を重視した人道主義的な創作態度である。

大正期になって初めて登場し、新しい流れを作り出したのは、新現実主義と呼ばれた一群の作家たちである。耽美派・白樺派が、ともすれば見落としがちであった現実を、理性的な態度で捕え直そうとする姿勢が、その共通点であった。ただし新現実主義に含まれる作家は幅広く、芥川龍之介《あくたがわりゅうのすけ》・菊池寛《きくちかん》らの新思潮派、広津和郎《ひろつかずお》・葛西善蔵《かさいぜんぞう》らの新早稲田《わせだ》派、さらには佐藤春夫《さとうはるお》、宇野浩二《うのこうじ》らも数えられ、多様な個性を発揮した。

大正期の大きな特徴として、作者自身の身辺を題材にした私小説の流行があげられる。白樺派の志賀直哉や新早稲田派の葛西善蔵の作品がその代表とされる。

大正末期には、新感覚派の作家たちが登場したが、その本格的な活動は、昭和期に入ってからである。

夏目漱石

『こころ』は漱石の後期三部作である、『彼岸過迄』『行人』の最後を飾る作品である。『彼岸過迄』が書かれる二年前の明治四十三年、伊豆で胃潰瘍の療養をしていた漱石は、大吐血をし生死をさまよう。いわゆる「修善寺の大患」と呼ばれる出来事である。この体験が人生観・死生観に大きな影響を与え、漱石の以降の作品にも大きく影響したと言われている。

➡プロフィールは38ページ

しかし君、恋は罪悪ですよ。

こころ

夏目漱石――

高校生だった「私」は、夏休みを利用して鎌倉《かまくら》を旅行していた。その時、鎌倉の海岸である人物に出会う。私はその人のことを「先生」と呼んでいた。

先生はちょっと影のある風変わりな人だった。

大学を出て、教養深い人であるにも関わらず、社会に出ようとはしない。特に定職に就くわけでもなく、人付き合いもあまりなかった。美人の奥さんと残された財産でひっそりと暮らしているようだった。

先生は毎月雑《ぞう》司《し》ヶ《が》谷《や》に一人で訪れる。友人の墓参りのためである。そのことについて、先生は深く語ろうとはしなかった。そんな謎《なぞ》めいた先生に、私はより一層興味を惹《ひ》かれた。

大学に入学し、上京した私は、ますます頻繁に先生のもとを訪ねた。先生の奥さんとも親しくなるが、あることに気がついた。

それは、先生が誰《だれ》とも少し距離をおいて接していることであった。私はもちろん、奥さんにもである。そのことから、私は、先生はあまり人を信用していないのだな、と感じ取るようになる。

先生が影を帯びるようになったのは、大学時代に友人を亡くしてからだ、と奥さんは言った。

先生は、ある時は「恋愛は罪だ」と言い、ある時は「いざという時、人間は誰でも悪人になる」と言う。そんな先生と接するうちに、いろいろ影響を受けるようになった私は、なおさら先生の影の部分を知りたくなった。

私はある時、先生の人生から教訓を受けたい、と真剣に話した。先生は私の真摯《しんし》な態度を見て、信用に足ると思ってくれたのか、時期が来たら話そうと約束してくれたのだった。

大学を卒業した私は、一度故郷に戻ることになった。九月には帰ると先生と奥さんに言い残し、私は東京を後にした。

腎臓《じんぞう》を患っていた父は、私の卒業を大変喜んでくれた。ただ、就職することに積極的になれていない私を心配した。父は先生に就職の世話をしてもらってはどうか、と提案した。

先生は人付き合いの少ない人である。正直、期待できるものではない。あまり気乗りはしなかったが、渋々私は先生に就職のことについてお願いする手紙を書いた。
しばらくして、明治天皇が崩御したこと、同じ日に、乃木希典《のぎまれすけ》大将が奥方とともに殉死したという報道が日本中を駆けめぐった。
時を同じくして先生からやっと電報が届く。就職のことかと、母は大層期待したが、期待は大いに裏切られた。内容はちょっと会えないか、というものだった。しかし、父の病状が芳しくなかったため、今は行けないことを電報と手紙で先生に伝えた。しばらくして先生から、今は来なくてよろしいという電報が届いた。
崩御と殉死の報が届いた頃《ころ》から、父の容態は悪くなった。だんだん衰弱し、私が上京しようとしていた日の二日前、とうとう危篤状態に陥ってしまう。姉弟や親戚《しんせき》が呼び集められた。
その最中、兄が私へ分厚い手紙を持ってくる。今、私宛《あて》に届いた物だという。先生からの手紙であった。
少し病室から離れ、手紙を開くと、ある一行が目に飛び込んだ。「この手紙があなたの手に落ちる頃には、私はもうこの世にはいないでしょう」。
嫌な予感がした私は、そのまま東京行きの列車に飛び乗り、手紙を読み始めた。
手紙には、時期が来たら話そうと言われていた、先生の過去のことが綴《つづ》られていた。
先生は二十歳になる前に相次いで両親を亡くした。母の遺言で財産の管理を叔父に任せ、先生は東京の学校へ行くことになった。

何度か帰省している時に、叔父夫婦は先生に結婚を勧めるようになった。相手は叔父の娘である。全くそんなことを考えていなかった先生は、何度も断っていた。

しかし、ある時、ふと疑問がわき、叔父に財産のことを問いただした。すると、財産が叔父に横領されていたことが発覚したのである。娘との結婚を勧めたのは、先生を婿にすることで、財産をすっかり自分の物にしてしまう企みであったことも分かった。

別の親戚が間に入り、整理をして財産を先生に渡してくれたが、すっかり人間不信に陥ってしまったのである。

親戚と絶縁し、故郷を捨て、上京した先生は、ある下宿先に落ち着いた。

そこは日清戦争で戦死した軍人の未亡人がやっている下宿で、明るく優しいお嬢さんもいた。二人はとても優しく先生に接してくれた。故郷を離れる時に人間不信に陥っていた先生も、徐々に心が癒《いや》されていくのを感じた。

ある時、友人のKが家を勘当される。経済的に困窮し、精神的にも弱り果てていた。

Kは先生と同郷の幼なじみで、寺の次男坊だった。医者の養子になり、その家から資金的援助を受け、学校に通っていた。養家ではKを医者にしたいと思っていた。ところがKは自分の好きな勉強に励んだ。そのため追い出されてしまったのである。

見かねた先生は、Ｋを自分の下宿に同居させることにした。そして、下宿の奥さんとお嬢さんにＫとなるべく話をしてやってくれと頼んだのである。

Ｋは下宿の明るい雰囲気のおかげで、次第に元気を取り戻していく。そして、お嬢さんに心惹かれていくのである。先生はその様子がだんだん気がかりになり、嫉妬《しっと》に駆られていった。ある時はこれ以上仲よくさせないために、夏休みを利用し、むりやり二人で旅行までした。

ある日、奥さんとお嬢さんが出かけ、家で二人きりになることがあった。先生はＫから、お嬢さんに対する気持ちを打ち明けられる。それを聞いた先生は先を越されたと思い、あせった。

先生は後日こっそり奥さんと話をする。お嬢さんと結婚させてほしいと告げ、承諾を得たのである。そしてそのことをＫが知るところとなる。

Ｋは、ある晩自ら命を絶つ。

最初に発見した先生は、机に置かれている自分宛の遺書を手に取った。そこには今までの感謝の気持ちや、細々とした手続きを頼む内容、そして、なぜ今まで生きながらえていたのだろうということが書かれていた。だが、先生に対する恨みなどは一切書かれていなかったのである。

遺族と先生の相談の結果、ＫはＫが好んだ雑司ヶ谷に葬られることが決まった。

それからまもなく、奥さんとお嬢さんと先生は今の家へ引っ越した。それから二カ月後、先生は大学を卒業し、半年経たないうちにお嬢さんと結婚したのである。

周りからは幸せそうに見えても、先生には罪の意識が消えることはなかった。ある時お嬢さんが、一緒にKの墓参りに行こうといった。事情を知らないお嬢さんは、二人が結婚したことを報告に行ったつもりであった。

しかし、先生からしてみれば、Kに対して、より残酷な事を見せつけているようでならなかった。それ以来、毎月一人で雑司ヶ谷に行くことにしたのである。

先生は何度かお嬢さんに本当のことを言おうとしたができなかった。そして、一年経ってもKを忘れることのできなかった先生は、人に愛想をつかし、自分にも愛想をつかして、再び心を閉ざしてしまったのである。

夏に明治天皇の崩御を聞いた先生は、明治の影響を最も受けた自分たちが生きていては時代遅れではないか、という思いを強くする。そして、乃木大将夫妻の殉死を聞き、ますますその思いを強くする。

そうして、十日以上の時間をかけ、私に手紙を書いた。私が死んでも、妻が生きている間は、このことは私一人の胸にしまっておいてくれと言い残し、この世を去ることを決意するのである。

森　鷗外

反自然主義であった鷗外だが、晩年は『高瀬舟』や『阿部一族』などの歴史小説も書いた。特に『高瀬舟』は、「足るを知る」という人生観や「安楽死の是非」といった問題を取り上げ、芸術的完成度がとても高い傑作であると言われている。

⬇プロフィールは50ページ

苦から救ってやろうと思って命を絶った。それが罪であろうか。

高瀬舟

森　鷗外——

京都の高瀬川を上下する高瀬舟は、徳川時代に島流しを申し渡された罪人を大阪へ護送するための小舟である。いつの頃《ころ》であったか、ある春の夕べ、これまでに例のない珍しい罪人がこの舟に乗せられた。それは喜助《きすけ》という名の、三十歳ほどの男だった。親類もないため、ただ一人で舟に乗っている。

護送役の同心、羽田庄兵衛《はたしょうべえ》は、喜助が弟殺しの罪人であることだけは聞いていたが、喜助の様子を見て、不思議で仕方なかった。喜助が庄兵衛を役人として敬う態度は、罪人の間に多く見られるような、温順を装って権勢に媚《こ》びる態度ではない。また、これから遠島になるというのに、その顔は晴れやかで、目にはかすかな輝きがある。どう見ても、いかにも楽しそうであった。その様子が不思議で、庄兵衛は、喜助に声をかけた。「喜助。お前は何を思っているのか」。

喜助はにっこり笑って答えた。「島へ行くということは、ほかの人には悲しいことでしょう。けれども、それは世間で楽をしていた人だからでございます。私はこれまで、どこといって、自分のいてよい所というものがございませんでした。今度、お上のお慈悲で、命を助けていただいたばかりでなく、島にいろとおっしゃってくださいます。それで、私は島に落ち着いていることができます。それだけではありません。今度、島へおやりくださるにつきまして、二百文《もん》のお金をいただきました。お恥ずかしいことですが、私は今まで、二百文というお金を持ったことがありません。仕事があるたびに骨を惜しまず働いてきましたが、そうして得た銭は、いつも右から左に、人に渡さなければなりませんでした。私は、この二百文を島でする仕事の元手にしようと思っています」。

喜助の言葉を聞いた庄兵衛は、しばらく黙って考え込んだ。庄兵衛も、倹約しながらの暮らしではあるが、それでも勘定が足りないことがある。得た金を右から左に人手に渡して暮らしている、という点では喜助と大差はないともいえる。けれども、自分と喜助との間で大きく違っていることが、一つだけある。それは、喜助が足ることを知っている、満足することを知っている、ということだ。喜助は、お上から与えられた二百文に満足し、喜んでいる。庄兵衛は、そんなふうに自分の生活に満足を覚えたことは一度もないのである。元来、人の欲望には限りがなく、どこで踏みとどまることができるか、分からないものである。それを今、目の前で踏みとどまって見せてくれるのがこの喜助だ、と庄兵衛は気がついたのである。

庄兵衛は次に、「お前が島へやられるのは、人をあやめたからだということだが、そのわけを聞かせてくれないか」と尋ねた。喜助は「かしこまりました」と小声で話し始めた。

その話によれば、喜助と弟は幼い頃に両親を失い、近所の者の使い走りなどをしながら成長したのだという。大人になっても、兄弟二人がなるべく離れないように助け合っていた。去年の秋には、西陣の織場《おりば》に二人一緒に入ったのだが、そのうちに弟が病気で働けなくなった。喜助が仕事を終え、住処《すみか》としている掘っ立て小屋に、食べ物などをもって帰るたびに、弟は「すまない、すまない」と言っていたという。

「ある日、いつものように帰ってみますと、弟は布団《ふとん》の上に突っ伏していまして、周囲は血だらけでした。『どうした』と駆け寄ろうとすると、弟は頬《ほお》からあごを血に染めた顔をあげて、私が寄るのを目で止めました。『すまない。どうせ治りそうもない病気だから、早く死んで、兄貴に楽をさせたいと思ったのだ。喉《のど》を切れば、すぐに死ねるだろうと思ったが、息が漏れるだけで死ねない。深く切り込もうとしたら、刃が横にすべってしまった。この剃刀《かみそり》を抜いてくれたら、死ねるだろうと思う。どうか、手を貸して抜いてくれ』と、こう言うのです。

私が、医者を呼んでくると言っても、聞き入れません。弟の目は、『早くしろ、早くしろ』と私を催促しています。その目が、次第に険しくなってきて、最後には敵《かたき》の顔をにらむような目になりました。これはもう、弟の言ったとおりにしてやらなくてはならないと思い、私が『仕方ない、抜いてやる』と申しますと、弟の目の色が変わり、晴れやかに、嬉しそうになりました。私は剃刀の柄をしっかり握って、一息に引きました。その時、弟の世話を頼んでいた近所のばあさんが入ってきたのです。ばあさんは、あっと言ったきり、そのまま駆け出してしまいました。私は、それをぼんやり見ておりました。それから気がついて、弟を見ますと、弟はもう息が切れていたのです」。

庄兵衛は、その場の様子を見るような思いで喜助の話を聞いていたが、これがはたして弟殺しというものだろうか、人殺しというものだろうかと、疑わないわけにはいかなかった。喜助は確かに、弟を殺した、とはいえる。殺したのは罪に違いない。しかしそれが、苦しみから救うためだったと思うと、そこに疑いが生じ、どうしても解けないのである。

庄兵衛はいろいろと考えた後、自分より上の者の判断、つまりお奉行様の判断に従うしかない、という結論に達した。それでもまだ、腑に落ちぬものが残っているので、庄兵衛は何だか、お奉行様に聞いてみたくて仕方がなかった。

沈黙する二人を乗せ、高瀬舟は黒い水の面《おもて》を滑っていった。

菊池　寛

旧制一高（現・東京大学教養学部）を友人の罪をかぶり退学。のちに京都大学へ進学した。一高の同級生に芥川龍之介がいる。京都大学在学中に、第四次「新思潮」を創刊。戯曲『父帰る』などを発表。大正九年『真珠婦人』を発表し成功を収める。大正一二年には「文藝春秋」を創刊。昭和に入り芥川賞・直木賞を設立。後進育成のために尽くした人でもある。

黙々として、自分一人その槌《つち》を振い続けたのみである。

恩讐の彼方に

菊池　寛——

安永三年《あんえい》の秋。市九郎《いちくろう》は、主人である旗本中川三郎兵衛《なかがわさぶろうべえ》の妾《めかけ》お弓と恋仲であることをとがめられ、処罰されそうになる。だが、逆に主人を殺害してしまい、二人で江戸から逃亡する。

数々の悪事を重ねながら二人は逃げる。最初は悪事を働くことに戸惑っていた市九郎だが、次第に慣れていった。数々の悪事を重ねながら逃げ続け、そのうち信州《しんしゅう》から木曾へ抜ける鳥《とり》居峠《いとうげ》に落ち着く。二人はここで昼は茶屋を営み、夜は強盗を働く毎日を過ごしていた。

二人が江戸から逃亡して三年目の春、茶屋に身なりのよい若夫婦が訪れる。この夫婦を次の獲物に、と先回りして襲うと決めた市九郎であったが、幸せそうな二人を見て心が揺らぐ。そして、なるべく傷つけず金品を奪おうと心に決めた。ところが、若夫婦の夫に正体を知られてしまったため、やむなく殺害してしまう。市九郎は人を殺してしまったことに恐ろしさを感じた。そして、己を責めながら茶屋に戻り、お弓に向かって奪った金品を投げ出した。だが、お弓は奪った金品の中に女の髪飾りがないことに腹を立てる。取りに行く気のない市九郎に業を煮やし、自ら取りに行ってしまう。お弓の浅ましさや、自らのこれまでの所業にいたたまれなくなった市九郎は、そのまま茶屋を後にした。

茶屋を出た市九郎は美濃大垣にある浄願寺《じょうがんじ》にたどり着く。寺の上人にこれまでのことを懺悔《ざんげ》し、役人に自首しようとした。ところが上人は、役人に自首するのはいつでもできる。その前に身を粉にして働き、人々と自らを救ってからになさい、と諭した。上人の言葉を聞き、より一層自分の行ってきた罪の深さを感じた市九郎は、その日のうちに出家を決意。「了海《りょうかい》」と法名を授かり、仏道修行をすることとなった。半年後、上人の許しを得、諸人救済のため、諸国へ旅に出たのである。

困っている人々を助けるため、諸国を旅していた了海は、享保《きょうほう》九年の秋、豊前の山国川沿いにある「鎖渡し」という桟道を訪れていた。そこは年に幾人もの犠牲者が出る難所であり、今もちょうど馬子が犠牲になったところだった。心を痛めた了海は、絶壁に穴を開け道をつくり、人々を救済することを決意した。小さな善行をいくら積み上げても、あまりに重い自身の罪はあがなえぬと思っていた了海は、これこそ身命を賭《と》して行わなければならないことと感じた。
了海は初め、周辺の村人から寄付を受けてこの工事を進めようと考え、村々に寄進を求めた。ところが、絶壁は幅二百間以上の大きな岩盤であり、できるはずがないと、村人は耳を貸さなかった。中には詐欺と疑う者もいた。一緒に行ってくれる者が誰《だれ》もいないことが分かると、了海はただ一人、槌《つち》と鑿《のみ》を持って掘り進めることを決める。
この様子を見て、周囲の人々は了海を物笑いの種にした。だが、了海は一人で黙々と掘り続けた。二年、三年と一人で掘り続けていると、笑っていた人々も次第に同情を寄せるようになった。時には食糧を届ける者もいた。九年も経つと、周辺の村人は了海の行っていることが不可能ではないと思い始める。人員を増やし、共に掘り進めようとした。だが、作業は簡単に進むものではない。それが分かると、村人はがっかりし、一人二人と離れ、また了海だけとなった。こうした出来事が幾度も繰り返された。それでも了海は掘り進めることをやめなかった。
了海が「鎖渡し」の絶壁を掘り始めて十八年目、一人の青年が訪ねてくる。名前は実之助《じつのすけ》。江戸を出るきっかけとなった、中川三郎兵衛の息子だった。当時三歳だった実之助は十九歳の時に父の仇討《かたきう》ちを決意、探し続けて九年目にようやく市九郎のもとにたどり着いたのである。
事の次第を理解した市九郎は実之助に討たれようとする。しかし、今は疑うことなく市九郎と共に絶壁を掘っていた人々が、事態を聞きつけ止めに入った。「せめて穴が貫通するまで、了海様の命を我々に預けてくれ」と。

実之助は仕方なく願いを聞き入れる。だが、思わぬ邪魔が入り苛立たしさがつのった実之助は、不意打ちを決意。夜中にこっそり起き、皆が寝静まった後も掘り続ける市九郎のもとへ忍び寄った。そこには、経を唱えながら一心不乱に掘り続ける市九郎の姿があった。己の悪業が元とはいえ、人々のために自らを省みず掘り続けている市九郎。その姿を見て実之助は、卑怯《ひきょう》にも闇討《やみう》ちをするような自分を恥じる。そして、市九郎の大願が成就するのを待つ決心をすると共に、自らの本懐を遂げる日が少しでも近くなるだろうとも思い、一緒に絶壁を掘ることにしたのである。

一年半後、ようやく岩盤から月に照らされた山国川が見えた。市九郎と実之助は手を取り合って喜ぶ。そしてしばらくして、「いざ、実之助殿、約束の日じゃ」と、市九郎は実之助の前に居住まいを正す。しかし、実之助にすでにその気はなかった。二人はただ感激し、むせび泣くばかりであった。

檸檬

梶井基次郎——

いけないのはその不吉な塊だ。

梶井基次郎
大阪府出身。夏目漱石ら白樺派の作品に触れ、文学を志す。一九二五年、同人雑誌「青空」を創刊。鋭敏で繊細な感性を表現した短編を発表。結核のため、不遇のうちに若くして世を去ったが、その作品群は死後に高い評価を受けた。代表作に『檸檬』『桜の樹の下には』『のんきな患者』などがある。

その頃《ころ》の私は、えたいの知れない不吉な塊に心を抑えつけられ、詩にも音楽にも、我慢ができなくなっていた。それで、私は始終、街から街へとさまよっていた。その頃の私は、みすぼらしくて美しいものに惹《ひ》きつけられた。たとえば、表通りより裏通りに。そして、自分の住む京都ではない、どこか知らない街に来ているような想像をして楽しむのだった。

私にはまるで金がなかったが、自分を慰めるためには、贅沢《ぜいたく》というものが必要だった。二銭や三銭のもの、それでいて贅沢なもの、そんなものが私を慰めた。だから以前の私は、丸善が好きだったのだ。小一時間も香水壜《こうすいびん》や小刀などの小物を眺めて、結局いい鉛筆を一本だけ買う、といった贅沢をするのだった。

ある朝、私は果物屋の前で足を止めた。果物屋特有の美しさを感じさせるその店は、私の最も好きな場所だった。私はそこで、檸檬《レモン》を一つ買った。その冷たさと香りが、憂鬱《ゆううつ》を吹き飛ばしてくれた。「つまりはこの重さなんだな」。檸檬の重さはすべてのよいもの、美しいものの重量であるような気さえした。

幸福な気持ちであちこちを歩き、最後に私は丸善に入った。しかし、どうしたことか、私の幸福は次第に逃げていった。画集を引き出し、パラパラとめくってみる。そんなことを繰り返しているうち、私はすっかり憂鬱になってしまった。

「あっ、そうだ」

私は袂《たもと》の中の檸檬を思い出した。画集の色彩をゴチャゴチャに積み上げ、この檸檬で試してみたら？　軽やかな興奮と共に、画集を積み上げては崩すことを繰り返す。そして最後に私は、奇怪で幻想的な画集の城の頂に、おそるおそる檸檬を据えた。檸檬の色彩は、ガチャガチャした色の諧調《かいちょう》を紡錘形の中に吸収し、冴《さ》え返っていた。

このまま、何食わぬ顔で外に出る。このアイディアは、私をぎょっとさせ、次にくすぐったい気分にさせた。「そうだ、出ていこう」。

丸善の棚に黄金色《こがねいろ》に輝く爆弾をしかけた悪漢は、この私だ。十分後に丸善は、美術の棚を中心に大爆発をする。私はそんな想像を楽しみながら、活動写真の看板に彩られている京極を下っていった。

芥川龍之介

東京都生まれ、東京大学英文科卒。東京大学在学中に『羅生門』を発表して、夏目漱石に認められる。代表作に『藪の中』『河童』『歯車』など。古典を題材として、そこに近代的な解釈を加えた歴史スタイルの作品が多い。晩年は暗い自伝的作品を残し、「ぼんやりした不安」を訴えて自殺。

唯《ただ》美しい火焔《かえん》の色と、その中に苦しむ
女人の姿とが、限りなく心を悦ばせる。

地獄変

芥川龍之介——

堀川の大殿といえば、度量の大きな立派な人物として知られていた。その大殿に仕える絵師に、良秀《よしひで》という者がいた。絵師としての技量は確かだが、獣じみた印象の男で、立居振舞が猿に似ているので、「猿秀」と陰口を叩《たた》く者もおり、大殿の邸で飼われていた猿に「良秀」とあだ名を付ける者もいた。

絵師の良秀には、一人娘がいた。心の優しい美しい娘で、大殿の邸に小女房として働き、皆に可愛がられていた。ひょんなことから、この娘が猿と仲よくなると、人々は猿の良秀をいじめることはなくなったが、絵師の良秀の方は、相変わらず人々に憎まれていた。良秀が好かれないのは、醜い容貌《ようぼう》だけが原因ではない。横柄で高慢、負け惜しみの強いこと甚だしく、世間に自分ほど偉い者はないと思っている様子である。そんな良秀の、ただ一つ人間らしいところといえば、一人娘を非常に可愛がったことである。といっても、世間並みに婿を取ろうなどとはせず、ただ手元に置きたい一心であった。だから、娘が邸に勤めていることにも不満があったらしく、何度か大殿に、娘を実家に下げるよう頼み込んだほどである。その度に大殿は拒絶したが、その理由を世間ではいろいろに噂《うわさ》した。中には「大殿が娘に想いを抱いているからだ」と言う者もあった。

ある時大殿が良秀に、一枚の地獄絵を描けと命じた。良秀はそれから五、六カ月の間、家に閉じこもり、その絵に一心に取り組んでいた。その間、いろいろと気味の悪い話があった。たとえば、ある日良秀が、製作の疲れを取るため、昼寝をしたことがある。その時、そばに控えていた弟子の耳に、不思議なうわ言が聞こえてきた。「なに、来いというのか。どこに？奈落《ならく》に、火焔地獄に来いというのか。娘が、そこに待っていると？」そのほかにも、いくつもの不気味な出来事があったという。

やがて、絵は八分通り出来上がったが、その頃《ころ》から良秀は何かに行き詰まってしまったようであった。製作ははかどらず、彼はいっそう陰気に、物言いも荒々しくなっていった。かと思うと、急に涙もろくなり、一人でこっそり涙を流していることもあったという。その間、大殿の邸でも、一つの小事件があった。ある夜、大殿に仕える男が廊下を歩いていると、近くの部屋で人の争う気配がする。と、ふいに女が一人、そこから飛び出してきた。良秀の娘である。同時に、廊下を慌しく遠ざかる、もう一つの足音。「あれは誰《だれ》です」と尋ねる男に、良秀の娘は目に涙をためたまま、唇をかたく噛《か》み締め、一言も答えようとはしなかった。

その晩の出来事から、半月ほど後のこと。大殿の邸に良秀が訪ねてきた。そして「地獄変の絵は、もうあらまし出来上がってございます」と告げた。

「ただ、一つだけ、描けぬところがございます。私は、この目で見たものしか描けません。空から落ちてくる牛車。その車に乗っている美しい娘が、猛火に焼かれ、悶《もだ》え苦しむ姿、それだけが、私には描けません。どうか、車に女を乗せて、火にかけていただきたいのです」。

その言葉を聞くと、大殿は口の端に白い泡をため、眉《まゆ》のあたりをびくびくさせて、しばらく言葉を切った。そして、喉《のど》を鳴らしながら、とめどなく笑い始めた。

「万事その通りにしてやろう。炎と黒煙に、美しい女が悶え死にをする。それを描こうとは、さすが天下一の絵師じゃ」。

それから二、三日後の夜のこと。大殿は約束通り、良秀を呼びつけた。場所は荒れ果てた山荘である。「良秀、よう見ておけ」。大殿の指示で、車の簾《すだれ》が引き上げられる。と、そこに鎖で縛られている女は、良秀の溺愛《できあい》する、あの一人娘であった。良秀は急に立ち上がったかと思うと、両手を前に伸ばしたまま、走り出そうとした。その瞬間、車に火がかけられた。

火は瞬く間に燃え上がる。夜目にも白い煙が渦を巻き、火の粉が雨のように舞いのぼった。見つめる良秀の顔には、恐れと悲しみ、驚きが交互に現れた。車の中では、娘が煙にむせた白い顔を仰向け、髪をふり乱して、たちまち火に包まれていった。そのとき何か黒いものが、燃える車の中に飛び込んでいった。それは、良秀とあだ名された、あの猿であった。

やがて火の柱と燃え上がる車を見つめる良秀の顔に、恍惚《こうこつ》とした法悦の輝きが浮かんでいる。そこには、怪しげな厳かさまでが漂っていた。その表情に打たれた人々は皆、仏でも見るかのように、目を離さずに彼の姿を見つめた。ただ大殿だけは、青ざめた顔で、口元に泡をため、獣のように喘《あえ》ぎ続けていた。

大殿がなぜ、焼き殺される女として、良秀の娘を選んだのか、人々はさまざまに噂をしたが、中でも最も多かったのは、かなわぬ恋の恨みからだ、と語る者だった。また、良秀が目の前で娘を焼き殺されながら、それでも地獄変の絵を描き続けたことにも、世間は何かと批判の矛先を向けたものである。

それから一カ月程経ち、いよいよ絵が出来上がった。そのできばえの見事さは、これまでの良秀の悪評を吹き飛ばすほどのものであった。以降、良秀を悪く言う者は、ほとんどいなくなったほどである。しかし、そうなった頃、彼はもう、この世にはいなかった。絵の出来上がった翌日の夜、自分の部屋の梁《はり》に縄をかけ、縊《くび》れ死んでしまったのである。

その死骸《しがい》は今でも、良秀の家の跡に埋まっているはずである。

芥川龍之介

「新技巧派」と呼ばれた芥川は、古典を背景とした作品が多く、この『藪の中』も、『今昔物語』の説話を題材として書かれた作品である。登場人物である七人の証言者の意見が食い違い、最終的な真相も有耶無耶《うやむや》になっているこの作品は、現代でも多くの人々に研究、議論されている。まさに、「真相は藪の中」である。

↓プロフィールは118ページ

が、その声も気がついて見れば、おれ自身の泣いている声だったではないか？

藪の中

芥川龍之介——

　ある山の藪《やぶ》の中で男の死体が発見された。発見者のきこりは検非違使《けびいし》に、次のように語った。
「死骸《しがい》は、胸元に突き傷を受け、仰向けに倒れていました。かわいた傷口には馬蠅《うまばえ》が一匹、べったりと食いついていました。太刀はありません。縄と、櫛《くし》が一つ落ちていたばかりです」。
　その後の調べで、殺された男は旅の途中の夫婦者のうちの夫の方で、若狭《わかさ》の国の武弘《たけひろ》という侍であったことが判明する。やがて、有名な盗賊多襄丸《たじょうまる》が捕えられる。多襄丸は武弘を殺したことを認め、すべてを白状する。

多襄丸の告白

　確かに、あの男を殺したのは私です。女がどこへ行ったか、それは知りません。あの夫婦に会った時、私はちらりと女の顔を見ました。女菩薩《ぼさつ》のようでした。その時、私は、たとえ男を殺してでも、女を奪おうと決心したのです。といっても、必ず男を殺さなければならないと決めたわけではありません。女さえ奪うことができれば、男を殺さずとも不足はないわけですから。

私は夫婦に声をかけ、「古塚から掘り出した宝を隠している。安く売るから買わないか」と持ちかけました。欲というのは恐ろしい。男はすぐに乗ってきました。私は男だけを藪の中に誘い込むと、隙《すき》をついて杉の木の根元に縛りあげ、喋《しゃべ》れないよう口に笹の葉を詰めると、女を呼びました。女は縛られた夫の姿に驚き、小刀を引き抜き向かってきましたが、私はそれを打ち落として、とうとう女を手に入れることができたのです。

泣き伏した女を後に、私が藪を出ようとした時です。女は私にすがりつき、こう叫びました。

「あなたが死ぬか、夫が死ぬか、どちらかが死んでください。二人の男に恥を見せることはできません」。

その女の眼を見た時、私は「この女を妻にしたい」と烈《はげ》しく思いました。しかし、卑怯《ひきょう》な真似はできません。私は男の縄を解き、太刀打ちをしようと誘いました。手強い男でした。この私と、あれほど長く斬《き》り結んだのは、天下にあの男だけです。最後に、私の太刀が、相手の胸を貫きました。ところが、ようやく振り向いた時、女の姿はどこにもなかったのです。

清水寺に来た女の告白

私に乱暴した男は、事が終わると、縛られた夫を眺めてあざけるように笑いました。私は夫のそばに駆け寄ろうとしましたが、男に蹴《け》り倒されてしまいました。その時の、夫の眼。その眼の中にあったのは、怒りでも悲しみでもなく、冷たいさげすみの光でした。その眼に打たれたように、私は気を失ってしまいました。

気がついた時には、男は消えていました。私は夫の顔を見守りました。あの眼の色は少しも変わりません。冷たいさげすみの底に、憎しみの色を湛えているのです。私は、よろよろと夫のそばに寄りました。

「こうなった以上、もうあなたと共にいることはできません。私は死にます。でも、私の恥を御覧になったあなたを、残すわけにはいきません。あなたもどうか、死んでください」。

夫は、笹の葉の詰まった口の中で、確かに「殺せ」と言いました。私は夫の胸へ、小刀をずぶりと刺し通しました。

私は、死にきれませんでした。こんなふがいない者は、観世《かんぜ》音《おん》菩薩様も、お見放しなさったかもしれません。私はいったい、どうすればよいのでしょう。

巫女《みこ》の口を借りた武弘の告白

盗賊は、俺の妻を慰め始めた。

「こうなった以上、夫との仲も折り合うまい。それより自分と夫婦になればよいではないか。自分も、お前をいとしいと思ったからこそ、こんな真似もしたのだ」。

妻はうっとりと頭をもたげた。これまで見たことのないほどの美しい顔で。そして、「どこにでも連れて行ってください」と答えたのだ。しかし、それだけなら、俺もこれほど苦しみはしない。二人が手を取り合って、藪を出ようとした時のこと、妻は突然、何度もこう叫び始めた。

「あの人を殺してください。あの人が生きていては、私は、あなたと一緒にはなれません。あの人を殺してください」。

その言葉を聞いた時には、盗賊さえ顔色を変えた。そして、じっと妻を見たまま、しばらく黙り込んだ後、妻を蹴り倒した。盗賊は俺に言った。

「あの女はどうする？　殺すか、それとも助けてやるか？」

俺がためらっていると、妻はたちまち逃げ出してしまった。盗賊はおれの縄の結び目を一カ所だけ切ると、藪の外へ姿を消した。おれは自分で縄を解き、疲れ果てた体を起こした。眼の前には、妻が落としていった小刀が落ちている。

おれは、それを手にとると、一突きに自分の胸を突いた。なまぐさいものが、口にこみあげてくる。しかし苦しみは少しもなかった。ただ、深い静かさが、俺を包み込んでいた。

誰《だれ》かが近づいてきた。その誰かの手が、おれの胸から、小刀をそっと引き抜いた。

山椒大夫

子供はただ「お母《か》あさま、お母あさま」と呼ぶばかりである。

森　鷗外

鷗外は死後墓標に「森林太郎《りんたろう》」とだけ刻むことを望んだという。

父を訪ねて旅をしていた母子は、ある夜船乗りの家に泊めてもらう。だが家主は人買いであり、母子は別々に売り飛ばされる。

姉弟は金持ちの山椒太夫に買われ、姉・安寿《あんじゅ》は水汲《く》み、弟・厨子王《ずしおう》は柴刈りをする。ある時、父母に会いたいという会話を逃亡の企てとされ、額に焼き印を押される。二人は母にもらった地蔵を拝んだ。すると痛みが消え、地蔵の額に傷ができた。

ある日、安寿は弟と共に仕事がしたいと願い出る。髪を切ることを条件に許され二人で芝刈りに行く。安寿は地蔵を厨子王に持たせて逃がし、自分は入水《じゅすい》する。

寺へ逃げた厨子王は僧の姿で父母を探す。清水寺《きよみずでら》で関白・師実《もろざね》と出会い、彼の助けで元服した厨子王は、丹後の守になり人身売買を禁じた。その後、佐渡で母と再会を果たす。

明暗

昨夕階段の下から見たと同じ色を認めたような気がした。

夏目漱石

漱石の死によって未完に終わった作品である。

津田由雄《つだよしお》は、父の仕送りを当てにして、派手な生活していた会社員であるが、自分の入院の費用が工面できない。由雄の態度に立腹した父には仕送りの停止を告げられ、妹のお秀《ひで》には生活改善を求められる。

由雄にはお延《のぶ》という妻がいる。仲がよく見えるが、互いに言えぬことを秘めていた。お延は由雄には他に女がいるのではという不安。由雄は昔の恋人・清子《きよこ》への未練である。

由雄の入院先に、かつて清子を紹介した吉川夫人が訪れる。夫人は、由雄の清子に対する未練を見抜いていた。そして、清子の湯治先へ行き、会って心の整理をするよう勧める。由雄は清子が湯治している温泉に向かう。そこで清子と再会を果たす。

真珠夫人

お父様？ 妾《わたくし》は、ユーヂットにならうと思ふのでございます

菊池　寛

この作品を期に、菊池は通俗小説の書き手として名をはせる。

貿易成金荘田《しょうだ》勝平の園遊会で、唐沢《からさわ》男爵の娘瑠璃子《るりこ》と恋人の杉野直也は、成金批判をし、勝平の怒りを買う。勝平は男爵を罠にはめ、自殺未遂に追い込む。復讐《ふくしゅう》に燃えた瑠璃子は自ら勝平の後妻となり、勝平を虜にする。だが、決して体は許さなかった。勝平は瑠璃子に心奪われていた息子の勝彦と格闘し、心臓麻痺を起こす。死の直前、瑠璃子に謝り子供たちの行く末を頼んだ。

後悔から心がすさんだ瑠璃子は、男をもてあそぶようになる。その一人、青木淳を死に追いやる。淳の弟稔も自分

の虜にしていたが、勝平の娘美奈子の稔への好意に気づき、稔の求婚を断る。断られた稔は瑠璃子を刺す。瀕死《ひんし》の瑠璃子は美奈子に直也を呼ぶよう頼む。そして直也に美奈子を頼んで息を引き取る。刺された時身につけていた襦袢《じゅばん》には、直也の写真が縫いつけられており、美奈子と直也は瑠璃子の本心を知る。

羅生門

下人の行方は、誰《だれ》も知らない。

芥川龍之介

『羅生門』は『今昔物語集』に出てくる説話をもとにした作品で、芥川の王朝物と呼ばれる作品群の第一作目である。

天災で荒れ果てた京都、羅生門の下に一人の下人がいた。主人から暇をだされ、盗人になるしかないと考えるが勇気はない。とりあえず今日は羅生門で過ごそうと、楼の上に登った。

そこには引き取り手のない死体が数多く捨てられていた。その中で、女の死体から髪を抜いている老婆を見つける。下人は老婆の行為に憤り、老婆をねじ伏せ、問いつめた。

老婆は女の髪でかつらを作ろうとしていた。さらに、この女は生きるために悪事を働いた。わしも生きるためにしているのだから、死んだ女も大目に見てくれるはずと訴えた。すると、下人に勇気がわく。「己も生きるために仕方ない」と、下人は老婆の着物をはぎ取り、あっという間に暗闇《くらやみ》の中へ駆け抜けていった。

昭和編

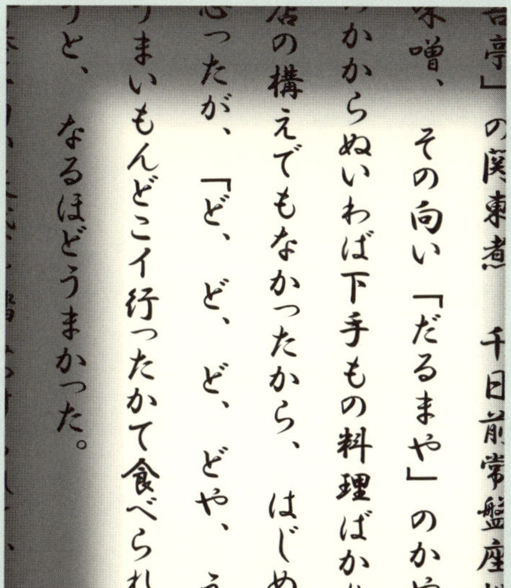
亭」の関東煮、千日前常盤座横「寿司捨」の鉄火巻と鯛
味噌、その向い「だるまや」のかやく飯と粕じるなどで、い
かからぬいわば下手もの料理ばかりであった。芸者を連れて
店の構えでもなかったから、はじめは蝶子も択りによってこん
思ったが、「ど、ど、どや、うまいやろが、こ、こ、こ
うまいもんどこイ行ったかて食べられへんぜ」という講釈を聞き
うと、なるほどうまかった。

『夫婦善哉』より

昭和期文学年表

1927	芥川龍之介『河童』	
	『歯車』	
1929	小林多喜二『蟹工船』	
	徳永直『太陽のない街』	プロレタリア文学の登場
	島崎藤村『夜明け前』	新感覚派の活躍
1930	横光利一『機械』	新興芸術派・新心理主義
1935	川端康成『雪国』	
1936	堀辰雄『風立ちぬ』	
1937	横光利一『旅愁』	
1938	火野葦平『麦と兵隊』	プロレタリア文学退潮
1939	太宰治『富嶽百景』	国策文学の流行
1940	織田作之助『夫婦善哉』	
	太宰治『走れメロス』	
1942	中島敦『山月記』	
1943	谷崎潤一郎『細雪』	
1946	野間宏『暗い絵』	
1948	大岡昇平『野火』	
	太宰治『人間失格』	第一次戦後派の登場
1951	安部公房『壁－S・カルマ氏の	新戯作派の活躍
	犯罪』	第二次戦後派の登場
1952	野間宏『真空地帯』	老大家の復活
1953	安岡章太郎『悪い仲間』	「第三の新人」の登場
1954	三島由紀夫『潮騒』	
1955	遠藤周作『白い人』	
1956	三島由紀夫『金閣寺』	
1957	開口健『裸の王様』	
1958	大江健三郎『飼育』	
1960	三浦哲郎『忍ぶ川』	
1962	安部公房『砂の女』	
1965	井伏鱒二『黒い雨』	

昭和初期の大きな潮流は、プロレタリア文学の勃興《ぼっこう》である。社会主義的な思想を持つ小林多喜二《こばやしたきじ》・徳永直《とくながすなお》などが、その代表である。関東大震災や不況、農村の荒廃などを背景に、社会の改革を企図するプロレタリア文学は、大きな支持を得た。が、官憲の弾圧や社会の戦時体制への移行によって、やがて勢いを失っていく。

同時期、政治思想優先のプロレタリア文学に対抗する流れとして、いわゆる芸術派の台頭も起きてきた。大正末期に登場した横光利一《よこみつりいち》、川端康成《かわばたやすなり》らの新感覚派も、これに含まれる。また、井伏鱒二《いぶせますじ》、梶井基次郎《かじいもとじろう》が新人として参加した新興芸術派というグループ、そして堀辰雄《ほりたつお》、伊藤整《いとうせい》など新心理主義の作家たちも、広い意味では芸術派に属する作家だといえるであろう。

第二次大戦中は、国家が文学への統制を強めた時代であった。多くの作家が、戦争政策に沿った作品（国策文学）を書くことを半ば強いられた。しかし、独自の芸術性豊かな作品を書き続けた作家たち（『山月記』の中島敦《なかじまあつし》など）も存在した。

戦後になると、谷崎・川端・武者小路《むしゃのこうじ》ら老大家の復活と共に、続々と新人たちが登場する。第一次戦後派（野間宏《のまひろし》・島尾敏雄《しまおとしお》ら）、第二次戦後派（大岡昇平《おおおかしょうへい》・三島由紀夫《みしまゆきお》・安部公房《あべこうぼう》ら）は、従来の私小説にはなかった社会性を備えた作品を発表し、次の「第三の新人」たち（吉行淳之介《よしゆきじゅんのすけ》・安岡章太郎《やすおかしょうたろう》ら）は、細やかな感性で日常的なモチーフに目を向けた。また、戦中に登場していた新戯作派（太宰治《だざいおさむ》・織田作之助《おださくのすけ》・坂口安吾《さかぐちあんご》ら）も、大きな存在感を放った。

宮沢賢治

岩手県出身。宗教色の強い独特の詩や小説を発表。農業指導者としても活動した。代表作は、詩集『春と修羅』、童話『注文の多い料理店』『銀河鉄道の夜』『風の又三郎』『セロ弾きのゴーシュ』など。

『銀河鉄道の夜』は四度に亘って改稿され、それぞれで内容が微妙に変化している。

けれどもほんとうのさいわいは
いったい何だろう。

銀河鉄道の夜

宮沢賢治――

ジョバンニは授業中、先生から指名され、「銀河は何でできているか」と聞かれる。「確かに星だ」と思うものの、仕事の疲れのせいか、頭がぼんやりして自信をもって答えることができない。次に指名されたカムパネルラも、もじもじしている。本当は知っているはずなのに、気をつかってくれているのだ。

ジョバンニは、学校が終わると活版所に働きに行く。母親は病気、父親は北の海に漁に出たまま戻ってこない。

ケンタウル祭の夜、ジョバンニは、母の許しを得て見物に出かける。途中、カムパネルラを含む友達の一団に会うが一緒にはならず、一人で丘に登り星を眺める。

不意にまばゆい光に包まれたジョバンニは、気がつくと「銀河ステーション」から出発する、小さな汽車に乗っている。そして目の前の席に乗っていたのは、皆と一緒に川へ行ったはずのカムパネルラだった。

「みんなは遅れてしまったよ。ザネリもね、ずいぶん走ったけれども追いつかなかった」

　そのカムパネルラの言葉に、ジョバンニは「そうだ、僕たちはいま、一緒に出かけたのだ」という気持ちになる。やがて、白鳥座停車場に到着。二十分の停車の間、二人は降車してプリシオン海岸を散歩する。そこでは化石の発掘が行われていて、大きな青白い獣の骨が、もう半分以上掘り出されている。

　列車に戻ると、赤ひげの男が「ここへかけてもようございますか」と同乗してきた。男は、「鳥をつかまえる商売」をやっていると言って、平たい鳥の形をしたものを食べさせてくれた。「やっぱりこれはお菓子だ」。ジョバンニがそう思っていると、鳥《とり》捕《と》りは、突然いなくなってしまった。外を見ると、野原に立って両手を広げ空を見つめている。するとそこに鷺《さぎ》が次々と舞い降りてきた。鳥捕りは鷺を捕まえては、次々に袋に入れる。鷺はしばらくは青く光っているのだが、じきに目を閉じて固まってしまうのだった。捕まえられずに降りた鷺もたくさんいたが、それも天の川の砂の上に降りると、みな溶けてしまった。鳥捕りは列車に戻ってくると、「からだにちょうど合うほどかせいでいるくらい、いいことはありませんな」と、捕まえてきた鷺を畳み直しながら言った。

車掌が切符の確認にやってきた。ジョバンニは戸惑うが、いつのまにか上着のポケットに入っていた紙を渡すと、車掌は納得して行ってしまった。鳥捕りは、「こいつはもう、本当の天上へさえ行ける切符だ」と感心している。

次に乗ってきたのは、一人の青年に連れられた、幼い姉弟である。「あなた方は、どちらからいらっしゃったのですか」という問いに、若い男はこう答える。

「いえ、氷山にぶつかって船が沈みましてね。私は、この子たちの家庭教師なんです。なんとか、この二人は助けたいと思って、救命ボートに押し込もうとしたのですが、ボートまでの間には、たくさんの子供たちや、その親が並んでいるのです。私は、ほかの子供たちを押しのけようとしました。けれどもまた、そんなにまでして助けてあげるよりは、このまま三人で神様のところに行くほうが、本当の幸福だとも思ったのです」。

カムパネルラは、姉弟と楽しそうに話を始める。最初は友達をとられたように感じていたジョバンニも、次第に打ち解ける。

やがて汽車は、野を赤く染める火の横を通り過ぎた。蠍《さそり》の火である。女の子がこんなことを教えてくれた。

「むかし、バルドラの野に一匹の蠍がいて、小さな虫を食べて生きていたの。ある時蠍はいたちに見つかって、一生懸命に逃げて逃げて、そしてとうとう井戸に落ちてしまったんですって。その時、蠍はこうお祈りしたの。『私は今まで、いくつの命をとったか分からない。それなのに私はあんなに逃げて、こんなことになってしまった。どうして私は、私のからだを、いたちにくれてやらなかったのだろう。神様。どうかこの次には、みんなのさいわいのために私のからだをおつかいください』って。すると、蠍は自分のからだが、真っ赤な美しい火になって燃え、夜の闇を照らしているのを見たんですって」。

蠍の火を後ろに、汽車はサウザンクロスに到着する。天上に向かうため汽車を降りようとする青年と姉弟に、ジョバンニは「僕たちと一緒に乗って行こう」と呼びかける。しかし、青年は「あなた方が、本当の神様の前で、私たちとお会いになることを祈ります」と告げ、湧き起こる「ハレルヤ」の声の中、姉弟を連れて降車していく。

「僕たち一緒に行こうねえ」と、カムパネルラに語りかけるジョバンニ。だが、そのカムパネルラも、どこかに消えてしまった。代わりに、黒い帽子をかぶった青白い顔の男が、カムパネルラの席に座っている。その男はこう告げた。

「おまえは、あらゆる人の一番の幸福をさがし、皆と一緒に早くそこに行くがいい。そこで、おまえは本当にカムパネルラといつまでも一緒に行けるのだ」。

目覚めると、ジョバンニは丘の草の中にいた。眠っていたのだった。ジョバンニは町に戻る。そこで、カムパネルラが川に落ちたザネリを助けようとして、溺《おぼ》れてしまったことを知る。ジョバンニは、カムパネルラがもう銀河のはずれにしかいないような気がしたのだった。

宮沢賢治

賢治は、一九二六年にそれまで勤めていた農学校を退職し、上京した。その際に購入したチェロ（セロ）とその練習の経験が、『セロ弾きのゴーシュ』に反映されていると言われている。専門家の特訓を熱心に受けた賢治だったが、その腕前はお世辞にもうまいとは言えなかったらしい。豊かな空想力と賢治独特の世界観はすべての作品を通しての魅力であり、自然や人間に対する愛情に満ちている。

⬇プロフィールは132ページ

いつでもきみだけとけた
靴のひもを引きずってみんなのあとを
ついてあるくようなんだ。

セロ弾きのゴーシュ

宮沢賢治——

ゴーシュは町の金星音楽団で、セロを担当している。しかし、一番へたな弾き手なので、練習のたびに楽長からいじめられている。「ゴーシュ君。君には困るんだがなあ」。

その夜おそく、ゴーシュはセロをかかえて家に戻ってくる。家といっても、町はずれの壊れた水車小屋で、ゴーシュはそこで一人暮らしをしているのである。ゴーシュは、水を一杯飲むと、虎のような勢いで、昼間の曲の練習を始める。そこに現れたのは、一匹の大きな三毛猫。

「ああくたびれた」と、くわえていた熟しかけのトマトをおろして、おみやげだと言う。けれどもそれは、ゴーシュの庭に生えていたトマトである。ゴーシュは怒って追い出そうとするが、猫は落ち着いたもの。
「シューマンのトロイメライを弾いてごらんなさい」。
「生意気なことを言うな。猫のくせに」
ゴーシュは昼間の楽長のようにどなったが、急に気を変えて、「では、弾くよ」と、部屋の窓も扉の鍵《かぎ》も閉めてしまう。次に自分の耳にも栓をして、『印度《インド》の虎狩《とらが》り』という曲を弾き始める。猫は逃げ出そうとするが、部屋からは出られない。眼や額から火花を出して、「先生、もうたくさんです。やめてください」と頼む猫。「これから虎をつかまえるところだ」と、弾き続けるゴーシュ。最後には、猫はぐるぐると回り出し、ゴーシュも自分が少しぐるぐるしてきたので、ようやく弾くのをやめる。
「先生、今夜の演奏はどうかしてますね」
ゴーシュは、「どれ、具合を悪くしたのでは？　舌を出してごらん。ははあ、ちょっと荒れたね」と、いきなり猫の舌でマッチをすって、タバコに火をつける。猫はきりきり舞い。ゴーシュは、扉を開けて猫を逃がしてやる。「もう来るなよ。ばか」。
次の夜やってきたのは、一羽のかっこうである。
「ドレミファを正確にやりたいんです」
ゴーシュは、セロでドレミファソラシドと、弾いてやる。しかし、かっこうは「違います、違います」と言って、「かっこう、かっこう、かっこう」と鳴く。
「つまり、こうだろう」と、ゴーシュもセロで、「かっこう、かっこう、かっこう」と弾いてやると、かっこうは喜んで、セロに合わせて鳴き続ける。
いつまでもやめないので、手が痛くなったゴーシュは、「いいかげんにしないか」と弾くのをやめてしまうが、かっこうは、「あなたのは、すこし違うんです」と、続けるように頼み込む。「俺がきさまに教わっているわけではないんだ」と怒るゴーシュ。それでも、かっこうの熱意に負けて、また「かっこう、かっこう、かっこう」と弾いているうちに、鳥のほうが正しいドレミファにはまっているような気がしてくるのだった。
「こんなことをしていたら、鳥になってしまうんじゃないか」
夜が明けかかる。まだまだ続けたいと頼むかっこうだが、ゴーシュは「出て行かないと、朝飯に食ってしまうぞ」と、無理矢理に追い出してしまう。
次の夜は、狸《たぬき》の子が現れる。「僕は小太鼓の係でねえ。お父さんが、セロに合わせてもらって来いって」。
ゴーシュと狸の子は、『愉快な馬車屋』という曲を練習する。
「ゴーシュさんは、二番目の糸を弾く時は、遅れるね」
「そうかもしれない。このセロは悪いんだよ」
二人は夜通し練習し、狸の子は礼を言って、帰っていく。
次の夜には、野ねずみの親子がやってきた。
「先生。この子が死にそうです。どうぞ治してやってください」
「俺が医者などやれるもんか」
ところが動物たちの間では、「水車小屋の床下でゴーシュのセロを聞いていると、病気が治る」と評判なのだという。ウサギのおばあさんも、狸のお父さんも、意地悪なみみずくまで、そうして病気を治してもらったとのこと。ゴーシュは、「よし、わかった。やってやろう」と、野ねずみの子を、セロの中に入れ、なんとかラプソディとかいう曲を、ごうごうがあがあ弾いてやる。野ねずみの子は、すっかり元気になり、辺りを走り回る。

「ありがとうございます、ありがとうございます」

礼を繰り返す野ねずみの母親に、ゴーシュはパンを一つまみ与えて、外へ送り出してやる。

それから六日後の晩、音楽会での金星音楽団の演奏は大評判となる。鳴りやまぬ拍手に、アンコールの声。司会者に頼み込まれた楽長は、断りきれずに、ゴーシュを指名する。

「おい、ゴーシュ君。何か弾いてやってくれ」

無理に舞台に出され、やけになったゴーシュは、いつかの晩、猫に聞かせてやった『印度の虎狩り』という曲を、怒ったように弾き始める。そして、弾き終えるとすぐに、楽屋に逃げ込んでしまう。やぶれかぶれの気分。ところが……？

「ゴーシュ君、よかったぞ。あんな曲でも、みんな本気になって聞いてたぞ」と楽長。仲間のみんなも、「よかったぜ」と誉めてくれたのだった。

その晩遅く、家に戻ったゴーシュは、窓を開け、かっこうが飛んでいった空を眺めて言う。

「かっこう、あの時はすまなかったなあ。俺は怒ったんじゃなかったんだ」

芥川龍之介

晩年、芥川は好んで作品に河童を用いたため、彼の命日である七月二四日は「河童忌」とも言われる。「龍之介」という名前は辰年・辰月・辰日の辰刻に生まれたことによるが、水神である「龍」の落ちぶれた姿が河童だとされる説に、自らの姿を重ねていたのであろう。この作品は、社会批判や風刺、そして神経衰弱にかかり自殺を前にした当時の芥川の内面があらわれている作品である。

↓プロフィールは118ページ

出て行け！　この悪党めが！

河童

芥川龍之介――

これは、ある精神病院に入院している患者が、誰《だれ》にでもしゃべる話である。

三年前の夏のこと、「僕」は穂高に登山に出かけた。深い霧に迷い、進むのをあきらめて食事をとっていた時、一匹の河童に出会った。追いかけているうちに、「僕」は深い闇《やみ》に落ちてしまう。気がついた時には、「僕」は河童の国にいた。

怪我をしていた「僕」は、チャックという名をもつ医者の河《かっ》童《ぱ》の家で養生することとなる。最初に出会った河童であるバッグという名の漁夫《りょうし》も時々見舞いにやってきた。「僕」は河童の国の法律に従い、「特別保護住民」として過ごすことになる。

河童は服は着ない。持ち歩く荷物はカンガルーと同様、腹にある袋の中に収めることができる。腰のまわりさえ何も覆わない習慣にとまどった「僕」に、バッグは「お前さんが隠している方がおかしい」と答える。また河童は、人間がまじめに考えることをおかしがり、人間がおかしがることをまじめに考える。お産も面白い。出産の時、父親は体内の子供に「この世界に生まれて来るか来ないか、よく考えた上で返事をしろ」と問いかける。子供が「生まれたくない」と答えると、産婆が何か母親に注射をする。すると、母親の腹は風船のように縮んでしまうのである。

「僕」はさまざまな河童と交際する。詩人のトックは、「親子夫婦兄弟などは、互いを苦しめあうものだ」と家族制度に批判的である。また「芸術は何ものの支配も受けない。芸術家は善悪を超えた超人でなければならない」と、超人クラブに参加している。

河童の恋愛では、雌が雄を追いかける。まれに雄が雌を追うこともあるが、それは雌がわざと誘っているのである。ある雌に追いかけられていた学生のラップは、とうとう抱きつかれてしまった。それをきっかけに病気にかかり、くちばしが腐ってしまった。哲学者のマッグだけは、雌につかまったことはない。醜い上に外出嫌いだからである。「あなたが一番幸せですね」と問いかけた「僕」に、マッグは「私もどうかすると、雌の河童に追いかけられたい気も起こるのです」と答える。

河童の国には音楽会もある。音楽家クラバックの演奏会に出かけた時のこと。演奏中、巡査が突然、「演奏禁止」と叫び声をあげ、客は「警官横暴」「クラバック弾け弾け」と大混乱に陥った。検閲である。河童の国では、誰が見ても解釈のつく絵画や文芸では検閲は行われず、解釈の幅の広い音楽にだけ検閲が行われるという。

書籍製造会社を見学したこともある。この工場では一年間に七百万部の本を製造するという。本の材料は驢馬《ろば》の脳髄を粉末にしたもの。これに紙とインクを加えて機械に入れれば、どんどん本が製造されるのである。これ以外にも、河童の国では続々と新発明がなされ、人手をかけずに何でも大量生産される。当然、失業者があふれるはずだが、問題になったのを「僕」は聞いたことがない。この疑問に答えてくれたのは、ガラス会社社長のゲエルである。

「失業した職工は、みんな食ってしまうのですよ。職工屠殺《とさつ》法がありますから。失業した職工が餓死したり、自殺したりする手数を、国家が省略してやるわけです」

驚く「僕」に、ゲエルは続ける。「人間の国でも、似たようなことが行われているではありませんか」。

河童の国には、政治も戦争もある。政治家ロッペの演説は嘘《うそ》ばかりだが、皆がそれを知っているから正直と同じことである。隣のカワウソの国との戦争では、三十六万九千五百匹の河童の戦死を犠牲として、ようやく勝利することができた。

その後も「僕」は家族関係に悩む学生ラップ、ライバルのオ能に嫉妬《しっと》する音楽家クラバック、警句に満ちた本を書いた哲学者マッグなどとの交遊を深めていく。

詩人トックの自殺事件をきっかけに、「僕」は河童の国の宗教、近代教の大寺院を見学する。近代教は『生命の樹《き》』を礼拝する、別名、生活教という宗教である。その長老によれば、「旺盛《おうせい》に生きよ」というのが、教えの柱。しかし、長老自身、こっそりと自分の信仰のぐらつきを「僕」に告白する。ちょうどその時、部屋に飛び込んできた妻から「私の財布から、また一杯やる金を盗んだな」と叱《しか》りつけられる長老。「あれでは長老も『生命の樹』を信じないはず」とは、学生ラップの言葉である。

自殺した詩人トックの幽霊の話が、雑誌に載ったこともある。霊媒を通じたトックの話によれば、せっかく自殺したものの、あの世もこの世と大差ない様子。トックは死後の自分の名声や、全集の売れ行きが気にかかって仕方がない様子とのことである。

人間の世界に戻りたくなった「僕」は、生まれたときは老人の姿で、歳をとるたびに若返っていくという不思議な河童を訪ね、その指示で、ようやく帰還する。しかし、戻ってみると、今度は河童の国に帰りたいと思うようになる。そこで家を抜け出し、汽車に乗ろうとしたところで捕まってしまい、精神病院に入れられてしまったのである。しかし「僕」は、精神に変調をきたしているのは自分ではなく、医者の方だと思っている。

今でも時々、夜になると、病室に河童仲間が訪ねてくる、ということである。

太宰 治

青森県出身。本名、津島修治。津軽の地主の家に生まれる。東京大学仏文科中退。『逆行』が第一回芥川賞候補となるも次席。その後、『富嶽百景』『走れメロス』などを発表し、戦後に発表した『斜陽』で一躍人気作家となるが、『人間失格』執筆後、山崎富栄と共に入水《じゅすい》自殺。作風の変遷により、一般的に彼の作家活動は三区分される。

恥の多い生涯を送って来ました。

人間失格

太宰 治——

私は大庭葉蔵《おおばようぞう》という男の写真を三葉《よう》、見たことがある。一葉目は、猿の笑顔のような薄気味悪い笑顔を見せている子供の写真。二葉目は、これも造り物の笑顔を浮かべた、びっくりするほど美貌《びぼう》の学生の写真。そして三葉目は、年齢の見当のつかない、白髪まじりの男の写真。この写真だけは笑っていない。それどころか、どこか不吉な感じのする顔である。

＊＊＊＊＊＊＊＊＊＊＊太庭葉蔵の手記＊＊＊＊＊＊＊＊＊＊＊

子供の頃《ころ》、停車場のブリッジや地下鉄というものを、なにかの遊戯のための施設だと自分は思っていた。また、空腹というものを、知らなかった。飯を食うためには働かなければならぬ、というが、それは自分の耳には、恐ろしい迷信としか聞こえなかった。つまり、人間の営みというものが、分からないのだ。だから自分は、隣人とほとんど会話ができない。そこで考え出したのが、道化。家でも学校でも、ひたすら楽天的な変人を装い、周囲を笑わせることで、自分はわずかに、人間というものにつながることができたのだった。

中学時代も、自分は道化によって周囲を笑わせていたが、ある日、わざと鉄棒を失敗したことを、竹一《たけいち》という同級生に見破られてしまう。自分は、竹一を手なずけるため、彼と親しくなった。竹一は「お前は女に惚《ほ》れられるよ」と言った。また、自分が描いた陰惨な絵を見て、「お前は、偉い絵描きになる」とも言った。これは自分に対して下した、竹一の二つの予言である。

やがて自分は東京の高等学校に入学した。父の別荘に住み、画塾にも通った。その画塾で知り合ったのが、堀木《ほりき》という男である。堀木は、この世の営みから遊離しているという点で、自分と同類だった。自分はまた、共産主義者の活動にも参加した。彼らの思想に共感したからではない。ただ、その非合法であること、日陰者といった感じが、自分を魅了しただけだった。

下宿住まいをするようになると、月々の送金では足りず、金に困るようになった。自分には、一人で生活していく能力がなかったのだ。高校の出席日数も足りなくなり、共産主義の活動も行きづまった。自分は逃げた。逃げ出して、カフェで知り合った女給と、情死事件を起こしたのである。女は死んだ。そうして、自分だけが生き残った。

その後自分は、父の知人で、ヒラメというあだ名の男の家へ預けられた。ある時ヒラメから「これからどうするつもりなのか」と問いただされ、答えに窮した自分は、家を飛び出し、堀木の家へ行く。そこで、シヅ子と知り合ったのだった。シヅ子は、五歳になるシゲ子という女の子を一人で育てていた。

自分はシヅ子と同棲《どうせい》し、漫画を描くようになった。竹一の予言のうち、「女に惚れられる」というのは当たったが、「偉い絵描きになる」という方は、はずれたわけである。自分は無名の、へたな漫画家にしかなれなかった。そして、酒に溺《おぼ》れるようになった。同棲を始めて一年。自分は自ら、シヅ子のもとを去った。このままでは、自分という馬鹿者《ばかもの》が、シヅ子とシゲ子二人の母娘の幸福を滅茶苦茶にしてしまう、と思ったのである。

その後、京橋《きょうばし》のスタンド・バアのマダムにやっかいになり、そのマダムの世話で、ヨシ子という煙草屋《たばこ》の娘と暮らすことになった。ヨシ子は自分に「酒をやめろ」と言ってくれた、色の白い、十七、八の娘で、疑うことを知らない信頼の天才だった。どんな大きな悲哀《かなしみ》が、後からやって来てもよい、この娘と結婚しよう。しかし、やってきた悲哀は、凄惨《せいさん》と言っても足りないくらい、想像を絶したものだった。

自分は、ヨシ子が犯されるのを、この目で見てしまったのだ。犯したのは、漫画の仕事を持ってくる三十前後の小男だった。疑うことを知らないヨシ子は、その男を信頼していたのに。神に、問いたい。信頼は、罪なのか。その後ヨシ子は常におどおどするようになり、自分はいっそう酒に溺れた。ある夜、泥酔して帰り、睡眠薬のジアールを見つける。ヨシ子が自殺しようとして買っておいたものに違いない。自分はそれを、一気に飲んだ。三昼夜、眠り続けただけで、やはり死ななかった。

東京に大雪が降った日、路上で最初の喀血《かっけつ》をした。そのまま近くの薬屋に入り、足の悪いその店の奥さんから、数種類の薬を出してもらった。奥さんが最後に出してくれた薬が、モルヒネだった。自分は、麻薬中毒になった。薬がないと漫画も描けなかった。「死のう」。そう決めた日の午後、ヒラメが堀木を連れてやってきたのだった。とにかく入院しろ、と二人は自分を自動車に乗せた。自分が入院させられたのは、脳病院だった。いずれは「廃人」ということになるのだろう。人間、失格。もはや自分は、人間ではなくなったのだ。

三カ月後、長兄が、故郷に近い温泉地の古い家に、自分を移してくれた。自分はもう苦悩する力も失ったようだ。今は、幸福も不幸もない。ただ、いっさいは過ぎていく。

＊＊＊＊＊＊＊＊＊＊＊＊＊＊＊＊＊＊＊＊＊＊＊＊＊＊＊

この手記を書いた大庭葉蔵という男を、私は直接には知らない。手記の中で「スタンド・バアのマダム」と呼ばれている人物から、三葉の写真と共に、この手記を見せてもらったのである。その人は最後に、何気なくこう言った。

「葉ちゃんは、お酒さえ飲まなければ、いいえ、飲んでも……神様みたいにいい子でした」

太宰 治

太宰治の生涯は、主に三つの時期に分けられる。自殺未遂や心中未遂、麻薬中毒を経た第二期に書かれたのが『富嶽百景』である。師事していた井伏鱒二を頼り、山梨県の御坂峠へ赴いた太宰は、そこの天下茶屋に約二カ月滞在した。そこで富士山という大自然や出会った人々と向き合い、自分を見つめ直した。すさんだ第一期から一変し、第二期を代表する、明るく清々《すがすが》しい作品である。

➡プロフィールは144ページ

富士《ふじ》には、月見草《つきみそう》がよく似合う。

富嶽百景

――太宰 治――

絵に描かれた富士《ふじ》の頂角は、たいてい鋭角である。しかし、実際の富士の頂角は、鈍角も鈍角、裾《すそ》が広い割りには、低い山なのだ。ただ、十国峠《じっこくとうげ》から見た富士だけは、高かった。最初、雲に隠れて見えなかったが、雲が切れたら、想像よりも倍も高いところに、青い頂があった。「やっていやがる」と、私は頼もしさに接した思いで、げらげら笑った。東京のアパートから見る富士は、小さい。三年前の冬、私はあることで途方に暮れ、その小さい富士を見て、じめじめ泣いたことがある。

昭和十三年の初秋。私は甲州の御坂《みさか》峠の頂上にある、天下茶屋へと赴いた。井伏鱒二《いぶせますじ》氏が初夏の頃《ころ》から、そこに滞在していた。富士が真正面に見える。しかし、私はここから見える富士を好かないだけでなく、軽蔑《けいべつ》までした。風呂屋《ふろや》のペンキ画のように見えたのだ。ある日、井伏氏と私は、三ツ峠へ登った。霧のため富士がまるで見えない。すると茶店の老婆が気の毒がり、富士の大きな写真を持ち出して、崖《がけ》の端で掲げてくれた。いい富士を見た、と思った。その翌々日、御坂峠を引き上げる井伏氏を送って、甲府に行った。それは、私の見合いも兼ねていた。先方の家には、富士山頂大噴火口の鳥瞰《ちょうかん》写真が飾ってあった。その写真を見、そして娘さんの顔をちらと見て、私は「この人と結婚したいものだ」と思った。

御坂峠に、友人が一度立ち寄った。二人で外を眺めていると、僧らしき男が登ってくる。「名のある名僧かもしれない」と私は言ったが、その男は茶店の飼い犬に吠《ほ》えられ狼狽《ろうばい》する始末。「富士も俗なら、法師も俗だ」と、ばかばかしさに大笑いした。だが同じ富士を「偉いなあ、かなわない」と思ったこともある。黙って立っている富士に比べて、動きやすい自分の愛憎が恥ずかしかったのだ。地元の青年たちに、吉田という町に連れて行ってもらった時のこと。その夜の富士は、よかった。月光を受けて、したたるように青かった。

ある朝、茶店の娘さんに叩《たた》き起こされた。しぶしぶ起きてみると、富士に雪が降っていた。娘さんは得意そうに言った。「すばらしいでしょう？　御坂の富士は、これでも、だめ？」

私は山で採ってきた月見草の種を、茶店の裏口に撒《ま》いた。それには、事情がある。峠を登り降りするバスに乗っていた時、隣に私の母とよく似た老婆が座った。ほかの客が皆、富士を眺めている時、その老婆だけは反対側の断崖をじっと見つめている。それが私には、快く感じられたのだ。ふと老婆が、「月見草」と路傍の一カ所を指さした。富士の山に対峙して、すっくと立った黄金色の花ひとつ、花弁も鮮やかに、私の目に消えず残った。富士には、月見草がよく似合う。

十月の末、吉田の町の遊女の団体が、年に一度の開放日なのか、御坂峠へやってきた。二階から見ていると、自動車から降ろされた遊女たちは、初めはかたまってうろうろし、やがて、てんでにぶらぶら歩き始めた。その様子は暗くわびしく、見ていられない風景だった。私は彼女たちを見ていることしかできない。苦しむものは苦しめ、落ちるものは落ちよ。そう冷たく装っても、私は、苦しかった。私は突然、「富士に頼もう」と、思いついた。「おい、こいつらを、よろしく頼むぜ」。そんな気持ちで振り仰いだ富士は、大親分のように見えた。

その頃、私の結婚の話にも支障が生じていた。私の実家から金銭的援助のないことが、はっきりしたのである。それで式をあげようと当てにしていた私は、途方に暮れ、とにかく先方に事情を説明しようと、甲府へと降りた。「ただ、あなたお一人、愛情と、仕事への熱意をおもちであれば、私たちはそれで結構でございます」というのが、先方の母堂の返答であった。娘さんがバス停まで送ってくれた。「富士には、もう雪が降ったでしょうか」と尋ねる娘さんに、「降りました」と言いかけて、ふと見ると、ここからでも富士はちゃんと見えた。
「甲府からでも富士が見えるじゃないか。いまのは愚問です」
「だって、富士のことでもお聞きしなければ悪いと思って」というのが、娘さんの返事であった。

甲府から戻って二、三日、さすがにぼんやりして、仕事をする気力が起こらなかった。煙草を吸っては寝転んでいるばかりで、小説は一枚も書かずにいると、宿の娘さんから叱《しか》られた。
「お客さん、ちっとも勉強すすまないじゃないの。あたしは毎朝、お客さんの書いた原稿用紙を揃《そろ》えるのが、とっても楽しい」

私は、ありがたいと思った。

花嫁姿のお客が、この茶店に寄ったことがある。嫁入りの途中、一休みして富士を眺めるというのは、なんだか、くすぐったいほどロマンチックだと思っていると、その花嫁は、富士に向かって、大きな欠伸《あくび》をした。後から、宿の娘さんは私に言った。「お客さん、あんな嫁さんもらっちゃ、いけない」。

十一月。茶店の椅子《いす》に腰掛けて番茶をすすっていると、二人の娘さんからカメラを渡され、「シャッター切ってください」と頼まれた。不慣れな私が、わななきわななきレンズをのぞくと、まんなかに大きな富士、その下に揃いの赤い外套《がいとう》を着た娘さんが二人、小さく見えた。どうにも狙《ねら》いがつけにくく、私は結局、富士山だけを大きく写した。うちへ帰って現像してみたら、驚くだろう。その翌日、私は御坂峠を降りた。甲府で一泊した宿から見た富士は、ほおずきに似ていた。

太宰　治

没落していく貴族を題材とした『斜陽』は、太宰治と交流のあった女性の日記をもとにして書かれた。太宰が戦後の現状に絶望し、破滅的な志向を強めていった第三期に書かれた作品である。『斜陽』の名は、今は記念館となっている太宰の生家「斜陽館」にも見ることができる。

⬇プロフィールは144ページ

破壊は、哀れで悲しくて、そうして美しいものだ。

斜陽

太宰　治――

かず子は、母と共に伊豆《いず》の山荘で暮らしている。かず子の母は、天性の貴婦人といってもよい上品な夫人である。

ある日、かず子は、マムシの卵だったら大変だ、と十個ほどの蛇の卵を焼いた。それを見た母は、「かわいそうなことをする人ね」と言う。かず子の父が死んだとき、枕元《まくらもと》に黒い蛇がいたりまた、庭の木という木に蛇が登っていたりした。そんなことがあってから、母は蛇に畏怖《いふ》の念を持っているのである。その日、かず子は、庭にほっそりとした蛇がいるのを見かける。「卵を捜しているのですよ」と母。かず子は、自分の胸の中にも、母の命を縮める一匹の小さな蛇がいるような気がする。

かず子たちは、いわゆる没落貴族である。以前は東京に住んでいたが、敗戦後に困窮、住み慣れた家を離れて伊豆に来た。伊豆に来てすぐ、母は高熱を出したが、病が治ると母は言った。「神さまが私を一度お殺しになって、それから蘇《よみがえ》らせてくださったのだわ」

かず子は火の不始末で火事を起こしかけ、「もっとしっかりしなければ」と、畑仕事に精を出すなどするが、しかし、結局は持っている財産を少しずつ売って暮らしていくことしかできない。母は言う。「かず子、着物を売りましょうよ。二人の着物をどんどん売って、ぜいたくな暮らしをしましょうよ。私はもう、あなたに畑仕事などさせたくない」。

大学の中途で召集され、南方で消息不明になっていた弟の直《なお》治《じ》が、戻ってきた。南方で阿片中毒になったという直治。だが、学生時代から、すでに麻薬中毒だったのだ。直治は知人や文学の師匠に会うと言って東京に出かけ、十日あまりも戻ってこなかった。その間に、かず子は直治のノートを見つける。ノートには、麻薬中毒時代の苦悩をうかがわせる記述がある。

かず子には、離婚経験があった。その離婚と、直治の麻薬中毒には、関わりがある。直治が大学に通っていた頃《ころ》、薬局への支払いに困って、しばしばかず子に金を無心した。かず子は、宝石や服を売った金を直治に渡したのだが、その仲介をしたのが、直治の師匠格の、小説家の上原である。かず子は一度だけ、上原に会いに行ったことがある。上原は、東京劇場の裏手にある地下の店に、かず子を案内した。二人でひっそりと酒を飲み、帰る時、上原はかず子にすばやくキスをした。そのことは、かず子の「ひめごと」となった。

その「ひめごと」がきっかけで、夫との間には誤解が生じ、結局は離婚ということになってしまったのだ。かず子は夫の子をみごもっていた。実家で出産したが、死産だった。

直治のノートを読んで、かず子は思う。弟も苦しいのだろう、いっそ「本職の不良」になってしまったら、弟も楽になるのではないか、不良とは、優しさのことではないか、と。

かず子は、上原に三通の手紙を書いた。手紙には、立ち尽くしたまま腐っていくような、今の自分たちの暮らし、そして、一度だけ会った上原への想いなどが、赤裸々に綴《つづ》られる。上原には妻子があるが、それでもかず子は言う。

「あなたの赤ちゃんが欲しいのです」

しかし、どの手紙にも返事はなかった。かず子は上京して、上原に会おうと決意する。しかし、その頃から、病気がちだった母の容態が急速に悪化していった。結核だった。かず子は母の看病に専念する。母は、次第に弱っていった。ある日、母が「夢を見たの」と、かず子に言った。聞けば、蛇の夢を見たとのこと。そして、縁側の石のところに赤い縞《しま》のある蛇がいるから見てごらん、と言う。確かめてみると、母の言葉通り、一匹の蛇が秋の陽を浴びていた。

やがて、母は死んだ。「忙しかったでしょう」と、かず子をいたわる言葉が、最後の言葉だった。日本で最後の貴婦人が死んだのだ、とかず子は思った。

母の葬儀をすますと、伊豆の山荘はかず子と直治の二人だけの暮らしとなった。直治は、出版社を起こすと言って、母の宝石類を持ち出して東京に出たが、その金は酒に消えたらしかった。かず子は、伊豆に戻ってきた直治と入れ違いに、上京した。

「新しい倫理、いいえ恋。それだけだ」

かず子は、東京で六年ぶりに上原に会う。上原は浪費と酒に溺《おぼ》れ、すっかり変わっていた。背を丸めて酒を飲む姿は、一匹の老猿のように見える。わずかの会話を交わしただけで、かず子は、上原が自分の手紙を読んだこと、そして自分を愛していることを知った。その夜、二人は関係をもった。

その頃伊豆の山荘では、直治が自殺していた。長い遺書が残されていた。その中で直治は、貴族という階級に生まれた苦悩、上原に心酔しながらも、感じていた反発、そして、上原の妻に抱いていた淡い恋を綴っていた。

直治の死後、かず子は上原への最後の手紙を書く。かず子は、上原の子供をみごもっていた。「私は、勝ったと思っています」。かず子の言葉は続く。「あなたも、私も、道徳の過渡期の犠牲者なのでしょう。今の世の中で、最も美しいのは犠牲者です。直治もまた、犠牲者でした」。

最後に、自分が子供を産んだら、「これは直治が、ある女の人に産ませた子だ」と言って上原の妻に抱かせてほしい、と頼み、かず子の手紙は終わる。

島崎藤村

長野県馬籠に生まれる。明治学院卒業後、明治女学校の教師を経て、北村透谷らの影響を受け、創作活動に入る。雑誌「文學界」の創刊に参加。明治三十年に最初の詩集『若菜集』を発表する。後に小説を書くようになる。教え子や姪との恋愛事件は有名な話である。ほかに『破戒』『新生』などがある。『夜明け前』は藤村最後の長編小説で、昭和四年から「中央公論」に連載された。自身の父をモデルに、明治維新の大きなうねりを描いた小説である。

古歌を口ずさむ時の彼が青ざめた頬からは留め度のない涙が流れて来た。

夜明け前

島崎藤村——

幕末。半蔵《はんぞう》は中山道木曾《きそ》十一宿の一つである、馬籠宿《まごめじゅく》の本陣の問屋、庄屋《しょうや》を兼ねていた青山家の十七代目として生まれた。

本陣とは大名や幕府の役人などが宿泊した公認の宿舎であり、もちろんその格式は高いものである。

青山家の先祖は、関ヶ原《せきがはら》の戦いの折、徳川方に与《くみ》した。その功績を認められ、代々この役目を担うようになったのである。

昔は由緒正しき品が数多くあった。しかし、馬籠が大火事に見舞われた時に焼失し、今は槍《やり》が二本ばかり残るのみである。父の吉左衛門《きちざえもん》は、槍がかけてある長押《なげし》の下に半蔵をよく連れて行った。そして、ほら、御先祖様が見ている、いたずらすると怖いぞ、と言っておどかし、からかった。

半蔵は二十三歳の時、妻籠《つまご》で本陣を務める親戚筋の家から嫁を迎える。お民《たみ》と言った。十七歳のお民は最初は戸惑うものの、妻としての喜びを感じるようになる。跡取り夫妻ののんびりとした生活をとがめる者は誰《だれ》もなく、実に穏やかな雰囲気に包まれていた。

半蔵の実母は早くに亡くなっていた。そのため父は後添えをもらっている。半蔵にとっては継母となるおまんは、とても気だてのよい人だった。半蔵はもちろん、嫁のお民もたいそう可愛がっていた。

名家の跡取り息子として、皆から可愛がられて成長した半蔵だが、一面ふさぎこむような性質も持ち合わせていた。いつしか半蔵は学問に興味を示すようになる。

十一歳の時、児玉政雄《こだままさお》という医者に『詩経』の指導を受けたことが始まりで、後には独学で『易書』や『春秋』の類にも通じるようになった。ほかの同年代の者が釣りなどに興じる中、半蔵は学問を友としていたのである。

十六、七歳の頃《ころ》、一人の学友ができた。蜂谷香蔵《はちやこうぞう》といった。

彼は馬籠から三里離れた中津川《なかつがわ》にいた。そして、香蔵の義兄で、医者である宮川寛斎《みやがわかんさい》に漢学や国学を習うようになる。この頃から半蔵は、賀茂真淵《かものまぶち》や本居宣長《もとおりのりなが》、平田篤胤《ひらたあつたね》などの国学者の思想に惹《ひ》かれるようになる。

嘉永《かえい》六年、浦賀《うらが》にペリーの船が姿を現す。

この出来事は日本を大きく揺り動かした。街道筋である馬籠にもその情報がいち早く伝えられた。半蔵は沿岸の防衛のため、領主である尾張藩や、諸大名の往来が激しくなるのを目《ま》の当たりにする。半蔵は時代が動き始めたことを肌で感じた。

平田篤胤は、国学に一種の宗教性を結びつけた人物である。

彼は中世以来日本が続ける、中国からものを学ぶ態度や、仏教を通じて物事を理解することを否定しようとした。日本人独特の心構えである「やまとごころ」を蘇《よみがえ》らせたいと思っていた。この考え方に半蔵は次第に心酔していった。

父吉左衛門は、息子が学問に傾倒していくことを心配しないわけではなかった。しかし、自身も学問好きのきらいがあったため、温かく見守っていた。だから、江戸方面に旅をしたいという半蔵の頼みを聞いてやったのである。

旅は困難を極めたが、見聞を広げたいと思っている半蔵には苦にならないものだった。旅の途中、平田篤胤の養子である鉄《かね》胤《たね》に会うことができた。半蔵は鉄胤と師弟の交わりを結び、ますます国学に傾倒していくのである。

ペリーは、開国準備のため、浦賀から走水《はしりみず》にいたる海岸付近を勝手に測量した。そして、浦賀奉行との会談の際、二千人の水兵で隊列を組んで行進させた。そんなペリーの様子が、攘夷《じょうい》派や開国派の議論に油を注いだ。

攘夷派は、幕府が天皇から許しを得ていないのに、開国しようとしていることに反発した。大老井伊《いい》直弼《なおすけ》はこの風潮に厳罰を与えていた。だがそれが、大老暗殺という桜田門外の変につながる、きな臭い時代に突入していた。

平田派の国学者が起こした「神葬祭」という運動があった。葬式を仏式ではなく、日本古来の宗教である神道に基づいて行おう、という運動である。半蔵はこの運動にのめり込んでいく。お民の兄で、妻籠本陣の跡取りである寿平次《じゅへいじ》は、半蔵のすることに疑問を覚えた。寺は各土地に信仰や生活習慣の一部として根付いている。そこから葬祭を取り上げるという運動が理解できなかった。

やがて幕府は大政奉還をし、日本は明治維新を迎える。

半蔵は王政復古し、「やまとごころ」に基づく国作りをすることに、熱い期待を寄せた。だが、明治政府は半蔵の期待とは別の方向に舵をきった。

明治政府は、欧米の文化を取り入れることに熱心になった。その風潮はもちろん、木曾路にまで及んだ。だが、民衆はその風潮をそれほど歓迎しているようではなかった。半蔵は時代に取り残されたような虚しさを感じるのである。

不幸は立て続けに起こる。

明治政府はほとんどの森林を国有化しようとしていた。山林は昔のように皆が自由に使える方が生活は向上する、と考えていた半蔵はこれに反発していた。

ある時、土地の代表である戸長たちが、山林の取り扱いについて連名で政府に嘆願書を出した。だが、認められず、半蔵は一連の首謀者として戸長を免職されてしまうのである。

また、関所も廃止され、参勤交代もなくなった今、本陣の役割は終わろうとしていた。経済基盤を失った青山家はついに破産する。時代の流れとはいえ、自分の代で没落させてしまったことに半蔵は自責の念を覚えた。

その上、末娘のお粂《くめ》が自殺未遂を起こしてしまう。

お粂は幼い時の親の取り決めで婚約が決まっていた。しかし、明治維新の影響で破談になっていた。お粂は嫁に行きたくないと言っていたが、新たな縁談がまとまり始めていた。その矢先に事件は起こったのである。村中にいろいろな噂《うわさ》が広がった。これらのできごとが、半蔵を追い込んでいく。

人生を見失った半蔵は、新たな生きがいを求めて東京に出た。

半蔵は教部省という省に勤めるようになる。そこは神道・仏教についての事務的なことを管理しているところであった。ここなら、己の求める「やまとごころ」に基づくものが得られると思っていた。だが、ここにももう理想の世界が無いことを痛感する。

東京は欧化をよしとする風潮一色で、芝居の役者が文明開化を知らない者は愚かだ、と堂々と言う世の中になっていたのである。

明治七年十一月十七日、半蔵はある行動に出る。

明治天皇が行幸される日、行列の先頭付近に半蔵はいた。そして、国を憂う歌をしたためた扇子を投げ入れたのである。

妻子を省みず国学に傾倒したものの、代々本陣をまかされた家に生まれたため、自由に生きることはできなかった。そんな半蔵の積年の思いが起こした、たった一度の自己表現だった。

半蔵はすぐに取り押さえられ、取り調べを受けた。釈放された半蔵の姿は、痛々しいものだった。青ざめ汚れた顔。伸びたひげ。くしけずられていない髪。まるで、半蔵の心の中そのもののようだった。半蔵はその後、失意のうちに、飛騨《ひだ》にある水無神社の宮司となる。

半蔵は四年間宮司を務めた後、故郷馬籠に戻る。馬籠で村の子供や若者の教育にあたった。だが、欧化をよしとする時代の流れに、ますます自分を見失っていった。

また、青山家を破産させた責任者ということから、家族から隠居を強要されるのである。

そして、半蔵は発狂する。

若い頃から傾倒していた平田篤胤の思想に従うように、菩提《ぼだい》寺の萬福《まんぷく》寺に放火するのである。

屋敷に座敷牢《ざしきろう》が作られ、半蔵はそこへ幽閉される。そしてそのまま五十九歳の生涯を閉じるのである。

小林多喜二

志賀直哉やチェーホフなどに影響を受け、小説を書き始める。小樽高等商業学校卒業後、北海道拓殖銀行に就職。この頃から、労働者や貧困に苦しむ人を取り巻く社会に関心を寄せるようになる。昭和四年（一九二九年）『蟹工船』『不在地主』を発表。プロレタリア作家の第一人者になる。だが、このことで銀行を解雇されている。この四年後、特高警察に捕まり拷問によって死亡したことは、社会に衝撃を与えた。

おい地獄さ行ぐんだで！

蟹工船

小林多喜二――

蟹工船《かにこうせん》とは、蟹漁をし、それをそのまま缶詰に加工する工場を乗せた船のことである。だがこの船は、法律上船でも工場でもなかった。そのため航海法も工場法も適応されなかった。法律の目をかいくぐったようなこの船では、文字通り地獄のような毎日が待っていた。

蟹工船博光丸の作業員にはさまざまな境遇の者がいた。

函館《はこだて》の貧しい十四、五歳の少年。北海道開拓工事にたずさわるために連れてこられた元工員。中には、東京から高額の賃金にだまされて連れてこられた学生もいた。彼らはここに来るまでの旅費として、給料からいくらかの前借りをしていたが、何かと料金をとられて、たどり着くまでには借金を背負わされていた。

蟹工船には、川崎船と呼ばれる大型の和船が八艘《そう》あった。これで蟹をとり、本船で缶詰に加工するのである。博光丸の体の頑丈な監督は、工員よりも川崎船の方が大事だとはっきり言い切った。監督は何よりも儲《もう》けを第一に考える男だった。

仕事が終わると、工員は不衛生きわまりない休憩室で、ただただ体を休めた。皆ここを「糞壷《くそつぼ》」と呼んでいた。

船が出航して二日後、事件が起こる。

蟹工船はいくつもの船で船団を組んで出航しているのだが、そのうちの一隻、秩父丸からＳＯＳ信号が発信された。

船長は救助の指示を出すため、急いで舵機室《だきしつ》に上がろうとした。すると、監督が船長を止めた。秩父丸には保険をかけてある。沈んだ方がかえって得をする、と言うのである。船長はあまりの言動に立ちすくんでしまった。その時、無線係が秩父丸が沈没したことを報告した。

その場に給仕がいあわせた。そしてそのやりとりを学生の工員に話した。学生は秩父丸の事件が自分のことのように思われ、一人考え込んだ。

出航して四日目、ある工員が捕まった。労働の厳しさに堪えられず、船内に隠れていたのである。しかし、空腹に負けて出てきたのであった。彼はトイレに二日間閉じこ込めれた。完全に憔悴《しょうすい》しきっていたが、監督は容赦なく働かせた。

その日の昼過ぎには海がしけ始めた。だが、監督は作業を続けさせた。
実は朝早くに、別の船から、突風の可能性があるから川崎船を回収するよう連絡を受けていた。だが、監督はすべて無視したのである。
川崎船は夕方にはなんとか帰ってきたが、一艘だけ行方不明であった。帰ってきたのは三日後だった。
一番遠くに漁に出ていたこの船は、カムチャツカの海岸に奇跡的に打ち上げられていた。そしてロシア人に助けられ、二日間体を休めて戻ってきたのである。
戻る前に工員は、介抱してくれた人々からこのようなことを言われた。「日本人の金持ちは働かずに威張っている。労働者は団結して金持ちをやっつけるべきだ」。遭難していた工員はその話に納得して戻ってきたのである。
相変わらず苛酷《かこく》な労働は続いた。過労で倒れるだけではなく、不衛生な船内では病気にかかるものも少なくなかった。だが、船医も監督に脅かされているため、まともな診断書を書かない。皆、夜中にうなされて声をあげたり、眠れずにいた。そんな時、ふと彼らは、よくまだ生きているな、と自分に語りかけるのだった。
このような環境は何も蟹工船だけに限ったことではなかった。
資本家たちは、市場が開拓され尽くした内地から、北海道や樺太《からふと》方面に金儲けの匂《にお》いをかぎつけ、開拓や鉄道建設に資金を投じていた。だが、少しでも回収するため、労働者は買いたたかれていた。劣悪な労働環境。それに堪えかねて逃亡する者には容赦ない拷問と虐待が待っていた。

もちろん、時々巡査が見回りにやってくる。だが、彼らは労働者の環境には見向きもしない。振る舞われる酒が目的であった。

ある日、脚気《かっけ》で寝たきりになっていた山田という工員が死んだ。本人は水葬を嫌がっていたが、監督はむりやりそれを行うことを決定した。仲間たちは「我慢してくれ」と遺体の入った麻袋に涙を落とした。

これをきっかけに、工員たちの結束力はいよいよ強まっていった。自然とリーダーが幾人か立った。彼らを中心に次第に監督に反抗し始めたのである。

リーダーの中で最も中心的な存在だったのは、あの学生である。彼は、船にたずさわるあらゆる人物のほとんどをまとめ上げた。そして監督に気づかれないよう、少しずつ仕事をさぼり始めたのである。

そしてある日、大々的なストライキを起こした。

監督を拘束し、労働に関する要求条項をつきつけた。しかし、監督はすでに帝国海軍に連絡をつけていた。博光丸に海軍が乗り込み、首謀者としてリーダー九人を連行したのである。

だが、工員たちはこれで屈することはなかった。今度は誰《だれ》がリーダーかを明確にせず、自らの命を守るためにもう一度立ち上がったのである。

堀　辰雄

東京都出身。室生犀星や芥川龍之介に師事する。フランス文学から、心理主義的手法を導入。清新な叙情性に溢れた作風を持つ。『聖家族』で文壇に登場し、『美しい村』や『風立ちぬ』『菜穂子』などの作品を残した。多くの作品を肺結核と闘いながら執筆したが、『菜穂子』の執筆後に病状が悪化。昭和二八年、四八歳でこの世を去った。

こうして私たちのすこし風変りな愛の生活が始まった。

風立ちぬ

堀　辰雄――

小説家の私は、婚約者の節子《せつこ》が肺結核の療養のためサナトリウムに滞在するのに付き添うことになった。それは節子の父の希望に沿ったことでもあった。そのことについて節子と話をしている時、私はふと、自分が以前「どこか淋《さみ》しい山の中で、可愛らしい娘と二人きりで生活してみたい」という夢を、節子に話したことがあったのを思い出した。

「お前がサナトリウムに行くと言い出しているのも、そんなことが、知らず知らずお前を動かしているのじゃないか」

「そんなこと、覚えてなんかいないわ」と、きっぱり答えた節子は、いたわるような目で、私をしげしげと見つめていた。

四月。サナトリウムへ行く時が近づいている。節子は私に言う。「私、なんだか急に生きたくなったのね……あなたのおかげで……」。

風立ちぬ、いざ生きめやも。

私は、節子とはじめて出会った二年前の夏、好んで口ずさんでいた詩句を思い出した。

四月下旬に、私と節子はサナトリウムを訪れた。翌日、私は院長に呼ばれ、「この病院でも、二番目くらいの重症かもしれない」と告げられる。私は、十七号室の患者がひどく気味の悪い空咳《からぜき》をしているのを聞きながら、節子の病室へと戻っていった。

サナトリウムでの生活は、節子がときおり熱を出すことを除けば、一日一日がひどく似通っている、時間から抜け出してしまったような日々だった。私は、その生活の中に、「私たちのいくぶん死の味のする生の幸福」を見出していた。それは、「もし後になって今の生活を思い出すようなことがあったら、それがどんなに美しいだろう」と感じるような幸福だった。

夏が過ぎていく。私たちはときどき、ほかの患者のことを話題にした。動いている雲を動物に見立てて遊んでいる年少の患者たちや、看護婦の腕にすがって廊下を行き来する背の高い神経衰弱の患者。しかし私は、おそらくこの病院で最も重症だと思われる、十七号室の患者の話だけは避けていた。

九月。その十七号室の患者が死んだ。その日は一日、私は節子の顔をまっすぐに見られずに過ごした。その月末には、背の高い神経衰弱の患者が、縊死《いし》した。「あの男の番だったのか」と、私はほっとしたような気持ちになり、そして「たとえ病院で二番目に重症だと言われていたとしても、その順番通りに死ぬわけではない」と、自分にむかって言い聞かせるのだった。

節子の父が、サナトリウムを見舞ったのは、十月のことである。彼は、娘の回復を願う思いが強すぎるあまり、現状に不安を感じているようだった。そして、熱のせいで節子の頬《ほお》が薔薇《ばら》色に火照《ほて》っているのを、「顔色はとてもいい」と、自分を納得させるように、何度も繰り返した。しばらく部屋を出ていた私が戻ってみると、節子は菓子箱や包み紙を掛布の上に広げ、父と話をしていた。その表情に少女らしさが蘇《よみがえ》る。それは私に、自分の知らない彼女の少女時代のことを夢想させた。

父親が帰った夜、節子は血痰《けったん》を出し、それからしばらくは、絶対安静の日々が続いた。節子の勧めもあって、私は小説家としての仕事を始めた。それは、節子との日々を書くことだった。

「俺はお前のことを、もっともっと考えたい。俺たちがこうして、お互いに与えあっているこの幸福を、もっと確実なものに、もう少し形をなしたものに、置き換えたいのだ」

しかし、私の書こうとしている物語の結末を考えれば、節子の死のこともまた、意識しないわけにはいかない。煩悶《はんもん》する私に、節子は言う。「私が、こんなに満足しているのが、あなたにはお分かりにならないの？　私は一度だって、家に帰りたいと思ったことはないわ」。

病状は次第に悪化し、十一月、節子はついに喀血《かっけつ》した。

十二月のある日の夕方。節子が「あら、お父様」とかすかに叫んだ。聞けば、窓から見える山にできた影が、父親の顔に似ているのだという。

「お前、家に帰りたいのだろう？」

「ええ、なんだか帰りたくなっちゃったわ」

私が窓際の方に歩み寄ると、節子は背後から言った。

「ごめんなさいね。こんな気持ち、じきに直るわ」

私は、何もかもが失われてしまいそうな不安に襲われた。

節子の死から一年。私はその冬を、村にある谷かげの小屋を借りて過ごすことにした。夏、避暑に来る外国人たちは、この谷を「幸福の谷」と呼ぶそうだが、今の私は「死のかげの谷」と呼びたい気持ちでいる。私は、ほとんどの時間を一人きりで過ごすが、そばに節子が寄り添っている気配を、しばしば感じるのだった。私は小さなカトリックの教会の神父や、食事の支度をしてくれる村の娘などと、淡い交流をもった。

ある静かな晩、心の中の節子に、私はこう語りかけた。「俺は、おまえの愛に慣れきってしまっているのだろうか？　それほど、おまえは俺には何も求めずに、俺を愛していてくれたのだろうか？」と。

そうして私は、この死のかげの谷は、やはり、幸福の谷だったのではないか、と思うのだった。

中島 敦

東京帝国大学、国文学科卒。横浜高等女学校で英・国語を教える傍ら、執筆した『虎狩』が懸賞小説で佳作に選ばれる。教職を辞した後は南洋庁入りし、パラオ島に赴任。翌年に帰国し、本格的に執筆を開始する。『光と風と夢』で芥川賞候補。代表作に『山月記』『弟子』『李陵』がある。

この尊大な羞恥心《しゅうちしん》が猛獣だった。虎《とら》だったのだ。

山月記

中島 敦――

唐の時代、天宝の末年のこと。若き秀才、李徴《りちょう》は登用試験に合格し官吏となるが、いくばくもなく職を退いた。詩家としての名を死後百年に遺《のこ》すべく、詩作に没頭するためであった。しかし文名は上がらず、家族は飢え、数年後、李徴は生活のため、再び地方官吏の職を奉ずることとなった。

それから一年。公用で汝水《じょすい》のほとりを旅した李徴は、ある夜、何かを叫びながら宿を飛び出し、二度と戻らなかった。

翌年、李徴の友人がお供を引き連れ、この地を旅した時、人語をあやつる虎《とら》に出会った。「その声は、李徴ではないか」。草むらに身を隠す虎に、友人が語りかけると、林の奥から、虎の声が答えた。「いかにも、李徴である」。

李徴の声は、自分の身の上を物語った。
「あの夜、ふと眼を覚ますと、誰《だれ》かが俺を呼んでいる声がした。夢中で駆け出すうちに、俺はいつか虎へと変わっていた。なぜ、こんなことになったのか。それでも日に数時間、こうして心だけは人間に戻る時間がある。ただ、その時間は日に日に短くなっている。俺はいずれ、完全に虎になってしまうだろう。それが俺には恐ろしい。君に、一つ頼みがある」
李徴の声は続く。
「自分の望みは、詩人になることであった。今でも、記憶している自作の詩がいくらかある。それを伝えたい」
朗誦《ろうしょう》する詩を聞けば、なるほど、才能の高さを感じさせる作品ばかりである。しかし、それらの詩には、何か大切な、微妙なものが、ほんのわずかだけ欠けているようでもあった。
「俺《おれ》がなぜ、虎になったか。思えば俺は、独り閉じこもり、詩友と切磋琢磨《せっさたくま》することをなさず、かといって、詩作をすっぱりあきらめ、世間に交わることもなかった。いわば臆病《おくびょう》な自尊心と、尊大な羞恥心《しゅうちしん》に捕らわれていた。それが俺を、虎にしてしまったのだ」
加えて、李徴は、困窮しているであろう家族の世話を頼んだ。
李徴に別れを告げた一行が、丘の上に着き振り返った時、一匹の虎が躍り出た。虎は二声、三声咆哮《ほうこう》し、再び草むらの中に姿を消すと、二度と姿を現さなかった。

坂口安吾

新潟県出身。本名、炳五《へいご》。東洋大学卒。『風博士』が認められて文壇に登場。新進作家として注目される一方で、放浪生活を送っていた。そのことが彼の作品に影響を与えている。戦後、『堕落論』『白痴』で注目され、一躍、人気作家となる。ほかに『不連続殺人事件』『青鬼の褌《ふんどし》を洗う女』など多数の作品がある。

桜の林の花の下に人の姿がなければ怖《おそろ》しいばかりです。

桜の森の満開の下

坂口安吾——

昔、鈴鹿峠《すずかとうげ》にも桜の森の下を通る道があった。しかし、花の季節になると、旅人は誰《だれ》もその道を通ろうとはしないので、やがて桜の森の道は、山の静寂の中へ取り残されてしまった。

数年後、一人の山賊がその山に住み着いた。むごたらしい男だったが、そんな彼でも桜の森の花の下に来ると恐ろしくなって気持ちが変になった。花びらがぼそぼそ散るように魂が散り、命が衰えていくように思えるのだった。

男は女をさらって女房にしていたが、それがいつしか七人にもなり、八人目の女房を、また街道からさらってきた。女の亭主は殺してしまった。初めは殺す気はなかったのだが、女が美しすぎたので、ふと斬り捨ててしまったのである。女は、ひどくわがままだった。いったん男に背負われると決して降りようとせず、「休まず急いでおくれ。さもないと、私はお前の女房になってやらないよ」と、男を急がせた。家に着くと、七人の古い女房たちが迎えに出たが、女は、「あの女を斬《き》り殺しておくれ。次は、それ、あの女を」と、男に古い女房たちを殺させた。男がためらうと、こう言うのだった。「おまえは私の亭主を殺したくせに、自分の女房が殺せないのかえ」。

そうやって七人のうち六人を殺させて、残った一人は自分の女中にした。殺し終えた男は、女の美しさに吸い寄せられながら、不安を感じ、「ああ、そうだ、あの桜の満開の下を通るときに似ている」と思ったのである。

女は山の生活に不服ばかりを言い、やがて自分を都に連れて行けと、男をそそのかすようになった。「おまえが本当に強い男なら、私を都へ連れて行ってくれるはず。おまえが都の粋を私の身のまわりに飾ってくれて、そして私にシンから楽しい思いを授けてくれることができるなら、おまえは本当に強い男なのさ」。

男は女を都に連れて行くことにした。ただ、一つだけ気にかかるのは、桜の森のことだ。あの森の花ざかりの中で、じっとしていることが自分にできるだろうか。都へ行く前に、男は桜の森に一人で行ってみた。森は満開だった。風だけがはりつめている虚空の中で、男は走った。走り抜けて感じたのは、夢から我に返った時と同じ気持ちだった。ただ、違うのは、本当に息も絶え絶えになっている身の苦しさだった。

都で男は、女の命じるまま、夜毎《よごと》に邸に忍び込んでは、着物や宝石を盗み出した。しかし、女が本当に欲しがったのは、そんなものではなく、人の首だった。数十もの首が集められた。その首で、女は毎日、首遊びをした。姫君の首、大納言の首、坊主の首……。肉が腐り、骨になるまで遊び尽くすと、女は飽きて、また次の首を欲しがるのだった。

都は男にとっては退屈な場所だった。男は人を殺すことにも退屈していた。そして、キリのない女の欲望にも退屈しているのだった。それは常に空を直線に飛び続けている鳥のようだ。

「今夜は白拍子の首を取ってきておくれ。」

「俺《おれ》は嫌だよ。キリがないから、嫌になった。」

「あら、おかしいね。なんでもキリがないものよ。毎日毎日ごはんを食べて、毎日毎日眠って、キリがないじゃないか。」

男は家を飛び出し、山に登った。女を殺すことを考えた。「あの女が俺なのか？　空を無限に飛ぶ鳥が、俺自身だったのか？」

ある朝、目覚めると、男は一本の満開の桜の下にいた。それで彼は、鈴鹿の山の、あの桜の森を思い出したのである。「そうだ、山へ帰ろう」。男は家に戻り、「都を出る」と女に告げた。意外なことに、女は自分も行くと言い出した。「私はたとえ一日でも、おまえと離れて生きてはいられない」と言った女の目は、涙に濡れていた。確かに女は、男と離れられなくなっていたのだ。新しい首は、女の命。そして、女のために首を取ってきてくれるのは、この男しかいなかったのだから。

男は女を背負い、山坂を登っていく。男は幸せだった。途中、あの花盛りの桜の森があることは分かっていたが、この幸福な日に、それが何ほどのことだろう。

男は満開の花の下へと踏み込んだ。あたりはひっそりと、だんだん冷たくなっていく。女の手も冷たくなっているのに、男は気づいた。そしてとっさに、彼は分かった。女が鬼であることが。全身紫色の、口が耳まで裂けた老婆。縮れた緑色の髪の鬼。男は走った。背中の鬼が落ちると、その鬼に組みつき、全身の力を込めて、鬼の首を締めた。そして、気がつくと、女はすでに息絶えていた。

男が殺したのは、鬼ではなく、やはり女であった。その死体の上には、早くも幾つかの桜の花びらが落ちかかっている。男は泣いた。この山に住み着いてから男が泣くのは、初めてのことだった。我に返った時、彼の背中には白い花びらが降り積もっていた。もう怖れや不安はない。彼は初めて、桜の森の満開の下にじっと座っていた。桜の森の満開の下の秘密は、誰にも分からない。あるいはそれは、「孤独」というものであったのか。なぜなら男は、もはや孤独を怖れる必要がなかったから。彼自身が、孤独自体であった。

男は、女の顔の上の花びらを取ってやろうとした。しかし、そうすると女の姿は消え、花びらを掻《か》き分けようとした彼の手も、そして彼の身体も消えた。後には花びらと、冷たい虚空が、はりつめているばかりであった。

夫婦善哉

物は相談やが駈落《かけお》ちせえへんか。

織田作之助——

織田作之助

大阪府出身。旧制第三高等学校中退。スタンダールに触れ、小説を執筆し始めた。一九四〇年、『夫婦善哉《ぜんざい》』で注目され、本格的な作家活動に入る。戦時中には『青春の逆説』が発禁処分となる。戦後は『世相』『土曜夫人』などで人気作家となり、「オダサク」の愛称で親しまれた。

蝶子《ちょうこ》は、十七歳の時、「ぜひ」と本人たっての希望で、芸者になった。馴染《なじ》みの客に、維康柳吉《これやすりゅうきち》という妻子持ちの三十一歳の男がいた。安化粧品問屋の息子である。柳吉はよく「うまいもんを食わせてやる」と蝶子を連れ出したが、行く店はどこも銭のかからない店ばかり。しかし、少し吃音《きつおん》のある柳吉の「ど、ど、どや。うまいやろが」という講釈を聞きながら食うと、確かにうまかった。

やがて金に詰まったあげく、父親から勘当された柳吉は、蝶子と駈落ちする。二人は熱海へ行き遊んだが、そこで関東大震災に巻き込まれた。大阪へ戻り、とりあえず蝶子の実家に転がり込む。蝶子にしてみれば、元の芸者に戻るわけにもいかない。「同じく家に戻れない柳吉と一緒に苦労しよう」と腹を決め、路地裏に二階借りして所帯を持ち、ヤトナ芸者となった。ヤトナというのは、臨時雇いの有芸仲居のこと。無粋な客を相手に、くたくたになるまで弾かされ歌わされる。それでも根が陽気好きの蝶子は苦にせず勤めた。柳吉は、二十歳の蝶子を「おばはん」と呼ぶようになった。

それから貯金に励んだが、ある日、柳吉がその金を遊びに使い果たしてしまった。蝶子は柳吉を突き倒し、折檻《せっかん》した。蝶子は一人外出し、浪花節《なにわぶし》を聞いたが面白くもない。楽天地横の自由軒《じゆうけん》でライスカレーを食べた。以前、柳吉と食べたことを思い出し、ふいに甘い気持ちが湧《わ》いた。家に戻り、寝ている柳吉を揺すぶり起こして、「阿呆《あほ》んだら」。唇を突き出して、相手の顔へ近づけた。

蝶子はヤトナに励んで、二年で三百円の金を貯めた。それを元手に二人で始めたのが剃刀屋《かみそりや》の新店。しかし、儲《もう》からず失敗。蝶子は二度目のヤトナに出ていた。三年たって、ようやく再び二百円が貯まったが、またもや柳吉が五十円を金田の廓《くるわ》で使ってしまった。例によって蝶子が折檻すると、家主は「あれでは嫌われるやろ」と柳吉に同情する始末。その言葉通り、ある日ふいと柳吉は家を飛び出し、何日も帰らなかった。十日目の夜、ようやく戻ってきて、「蝶子、ここは一芝居打って、女とは別れた、女も別れる言うてますと、親父をだまして、貰《もら》うだけのものを貰おうやないか。明日、使いの者が来たら、別れるときっぱり言うてくれ」と言う。しかし結局、蝶子は「別れる」とは言わなかった。当てがはずれた柳吉は、「阿呆やな」と不機嫌きわまったが、また、蝶子のところに居ついた。

その後、二人は関東煮《かんとだき》屋を始めた。店の号は、互いの名から一字ずつとって「蝶柳《ちょうりゅう》」。この店は繁盛した。しかし、柳吉がまた二百円持ち出して、三日で使い果たしてしまった。「二度と浮気はしない」と誓うが、しばらくすると、また放蕩《ほうとう》。店が儲かるから遊ぶ金ができるようなもので、蝶子も後悔し、結局は店仕舞いとなった。次に始めたのは果物屋。こちらもそこそこ繁盛したが、そのうちに柳吉が病気になった。腎臓結核《じんぞうけっかく》だった。悪いことは重なるもので、蝶子の母親も寝ついてしまう。こちらは子宮癌《しきゅうがん》。店を売って治療費に当てたが足りず、蝶子はまたもやヤトナに出た。ある日、柳吉の妹が見舞いに来た。柳吉の娘を連れていた。妹は「姉はんの苦労は、お父さんもよう知ってはりまっせ」と、百円をくれた。「分かってもらえるまで、十年かかった」。その夕方、母親の危篤を知らせる電話がかかってきたが、「親が大事か、わてが大事か」と駄々をこねる柳吉のせいで、死に目には会えなかった。

柳吉は退院し、湯崎温泉へ養生に出かけた。残った蝶子は、柳吉の夢ばかり見た。不安に思ったある日、温泉まで出かけてみると、養生しているはずの柳吉が、芸者をあげて遊んでいた。金は妹に無心していたらしい。「苦労も水の泡だ」と蝶子は泣き、次いで逆上した。二人はまた二階借りの生活を始めた。蝶子はやはりヤトナに出る。ある日、以前の芸者仲間の「金八」に出会った。金八は鉱山師の後妻に座り、景気がいい。「想い出すのは、蝶子はん、あんたのことや。要るだけの金は貸すから、商売する気はないか」。その金でカフェを始めた。名前は、「サロン蝶柳」。半年もしないうちに軌道に乗り、危機もあったが、新聞社関係の常連がついて、よく繁盛した。そこで、「そろそろ娘さんを引き取ろう」と蝶子は言ったが、柳吉は気乗りしない様子。ある日、その娘が、柳吉の父親の危篤を知らせにきた。

実家へは、柳吉一人で出かけた。いよいよ葬式となっても、「お前は来ん方がええ」と、蝶子を呼ばなかった。「葬式にも出たらいかんて、そんな話があるか」。蝶子は家に帰り、戸を締め切って、ガス管を引き込み、栓をひねった。

蝶子は死ねなかった。夜、帰ってきた柳吉が気づき、医者を呼んだのだ。新聞記事にもなった。柳吉はまた逃げ出して、戻ってこなかった。ただ、蝶子の父親のところに、「蝶子にも気の毒だがよろしく伝えてくれ」と別れの手紙だけが届いた。

ところが、しばらく経つと、また、ひょっこり戻ってきたのである。「どや、なんぞ、う、う、うまいもん食いに行こか」。二人は、法善寺境内の「めおとぜんざい」へ行った。「ここの善哉《ぜんざい》はなんで、二、二、二杯ずつ持って来よるか知らんやろ」と語る柳吉の蘊蓄《うんちく》を聞き流して、蝶子は答えた。「一人より女夫《めおと》の方がええいうことでっしゃろ」。

二人はやがて、そろって浄瑠璃《じょうるり》に凝り出した。

そのほか、昭和の名作

まだ記憶に新しい、昭和の名作。現代まで語り継がれる名作が多く生まれました。ここでは主に、比較的新しい作品を集めて紹介しています。
物語の結末は、あなたの目で……。

しろばんば　　井上　靖

洪作は両親と離れ、伊豆の湯ヶ島の山村で、曾祖父の妾《めかけ》だったおぬい婆さんと二人で暮らしている。若い叔母のさき子や、転校生のあき子に淡い恋心を抱いたり、また、さまざまな村の人物たちと触れ合ったりしながら、豊かな自然の中、洪作はゆっくりと成長していく。

山椒魚　　井伏鱒二

大きくなりすぎたために、住処《すみか》であった岩屋から出られなくなった山椒魚。孤独を嘆いていたある日、その岩屋に一匹の蛙《かえる》が紛れ込んでくる。山椒魚は、蛙を岩屋に閉じ込めることに成功するが、そのせいで自分も決して岩屋から出ることのできない状況に追い込まれてしまう。

黒い雨　井伏鱒二

原子爆弾による被爆者である閑間重松は、姪《めい》の矢須子の嫁ぎ先に苦慮している。矢須子も被爆者であるという噂《うわさ》があるため、縁談が進まないのだ。しかし、直接被爆はしていないものの、矢須子も実は、原爆投下後の黒い雨を浴びた身だった。やがて彼女は……。

海と毒薬　遠藤周作

太平洋戦争中、医師、勝呂は、自分の患者である「おばはん」が実験材料のように扱われることに憤りを抱くが、教授の意向には逆らえず、結局は何もできなかった。その後、教授たちの権力争いに巻き込まれ、勝呂はB29の搭乗員だった米軍捕虜の生体解剖に参加することになる。

深い河　遠藤周作

離婚後ボランティアをしている美津子《みつこ》。学生時代、その美津子に捨てられた、キリスト教徒の大津。中年の童話作家の沼田。戦争での苦い体験をもち最近戦友を亡くした老人、木口。そして妻を癌《がん》で亡くした初老の男、磯辺。印度《インド》ツアーに参加した五人はそれぞれの疑問や悩みを抱いてガンジス河を目指す。

城の崎にて　　志賀直哉

「自分」は電車にはねられ怪我をしたため、城崎温泉に療養に出かける。そして、そこで一匹の蜂《はち》の死骸を見る。次に「自分」は、首に串《くし》がささった鼠《ねずみ》が、人々に石を投げられながら、懸命に逃げ惑う姿を見る。また、別のある日、「自分」が見たものは……。

暗夜行路　　志賀直哉

小説家の時任謙作は、お栄と同居している。お栄は祖父の妾《めかけ》だったが、祖父の死後、謙作の身の周りの世話をしてくれている。創作の悩みからの転居、旅行などを経て、謙作はお栄との結婚を考えるようになるが、それがきっかけで、兄から自分の出生の秘密を知らさせるのだった。

細　雪　　谷崎潤一郎

大阪船場の大きな商家の四人姉妹の物語。美人なのに、三十歳をすぎても未婚の三女、雪子。幸子夫婦は、雪子の見合いを進めるが、鶴子の反対が入ったりして、なかなかうまく行かない。一方、末娘の妙子は、いくつかの恋愛事件を起こして、姉たちを困惑させる。

暗い絵　野間　宏

昭和十年代、左翼活動家たちは、官憲の弾圧によって壊滅的な打撃を受けつつあった。学生、深見進介は、活動家である友人たちの思想に疑問を抱く。共感は抱きつつも、それを「仕方のない正しさ」だと考えたのだ。やがて深見は、友人たちと決別することになるのだが……。

真空地帯　野間　宏

盗みの罪で一方的に有罪とされ、陸軍刑務所で服役していた木谷一等兵は、二年後に古巣の部隊に復帰する。しかし、その間に部隊はすっかり変わり、顔見知りの者もほとんどいない。一種の真空地帯である軍隊の中で、孤立する木谷。そんな時、野戦行きの要員が選抜されることになる。

忍ぶ川　三浦哲郎

東北の高校を卒業後、東京の大学に通うようになった「私」は、料亭「忍ぶ川」で働く志乃に惹《ひ》かれていく。「私」は四人の兄、姉が次々と失踪《しっそう》・自殺するという血の宿命に悩み、志乃もまた、薄幸の娘であることを知る。ある日、「私」は志乃を深川へ連れて行く。

潮　騒

三島由紀夫

自然豊かな歌島の若い漁師、新治は、島に戻ってきたばかりの美しい少女、初江と出会う。二人は互いに惹《ひ》かれあい、ある嵐の日に、焚《た》き火の前で愛を確認するが、初江の父の照吉は、二人の仲を認めない。その後、新治は照吉の持ち舟に船員として乗り込むことになるのだが……。

金閣寺

三島由紀夫

「私」の父はよく、鹿苑寺金閣のことについて聞かせてくれた。父によれば、金閣ほど美しいものは地上にはないのであった。悩み多き少年時代を送った後、金閣の徒弟になった「私」は、「金閣が焼けたら……」と、美の象徴が焼け落ちる幻想を脳裏に描くようになる。

お目出たき人

武者小路実篤

「自分」は、美しい女学生の「鶴」に恋をしている。といっても、実際には、まだ一度も口をきいたことすらない。ただ、結婚相手にふさわしいのは鶴しかいないと、一途に思い込んでいるばかりである。「自分」は、人を介して彼女に想いを伝えるが、断られてしまう。

友　情

武者小路実篤

脚本家の野島は芝居を見に行った時、友人の仲田と、その妹である杉子に出会った。野島は以前、杉子の写真を見て、心惹かれていたが、本人に会うと、さらに強い魅力を感じるようになる。野島には大宮という親友がいた。よき理解者である大宮に野島は自分の恋を打ち明けるが……。

さ　ぶ

山本周五郎

賢くて仕事ができ女にもモテる栄二と、愚図でのろまだがどこまでも気の優しいさぶ。二人は経師屋「芳古堂」の職人である。ある時栄二は、得意先の主人が大切にしている金襴《きんらん》の切《きれ》を盗んだという濡《ぬ》れ衣を着せられる。弁明も叶《かな》わず栄二は、無宿人として人足寄場に送られることになる。

驟《しゅう》　雨《う》

吉行淳之介

大学を出て三年目の山村英夫は、特定の女性と関係を結ぶのを煩わしいものと思っていた。そのため娼婦《しょうふ》の街に通うようになる。ある日道子という娼婦に出会う。最初は娼婦と客という関係だったが、英夫は次第に道子を独占したい気持ちに駆られていく。

壁―S・カルマ氏の犯罪　安部公房

芥川賞を受賞した不条理の世界。ある日、男は目を覚ますと自分の名前を失ってしまったことに気づく。名前を奪ったのは彼の名刺だった。空しくなった男は病院へ行く。だが、病院で雑誌の風景を盗んだとして警察に捕まり、裁判にかけられてしまう。

裸の王様　開高　健

画塾を開いている僕のもとへ知り合いの山口の紹介で太郎という少年がやってくる。太郎は無口で、画塾の誰《だれ》とも関わろうとせず、彼の絵には人間が一人も描かれていなかった。心を開いてもらいたいと思った僕は、太郎や画塾の生徒たちと外に出てみた。

日本三文オペラ　開高　健

「アパッチ族」と呼ばれる集団の、たくましく生きる姿を描く。終戦直後の大阪。食べる物もなくフラフラしていたフクスケは見知らぬ女に声をかけられ、仕事をするためある場所に連れて行かれる。そこは旧陸軍大阪砲兵工廠《こうしょう》跡地。ここから土に埋もれた屑鉄《くずてつ》を掘り出すのが仕事だった。

岬　中上健次

逃れたくても逃れられない家族の関係に苦悩する男の物語。土木作業を生業とする秋幸は、自身の複雑な血縁関係にいつも苦しめられ、いやされぬ思いを抱いてきた。ある日、母の最初の夫の法事をするが、その直後から異父姉の美恵が情緒不安定に陥ってしまう。

野　火　大岡昇平

太平洋戦争中、フィリピンレイテ島で肺病になった私は野戦病院に入る。だが、食糧不足で病院・部隊両方から見放される。林を歩き、私は別の病院の近くにたどり着いたが、翌日アメリカ軍の急襲にあい、同胞はちりぢりになってしまう。私はまたフィリピンの森をさまようことになる。

父の詫び状　向田邦子

保険会社の地方支店長だった父と筆者のやりとりを綴《つづ》ったエッセイ。いつも多くの客であふれていた向田家。もてなしの料理やお客の対応で忙しい母に代わり、玄関を整えるのは筆者の役目だった。ある時、玄関で機嫌のよい父に質問をしてしまい、大目玉を食らうことになる。

火垂《ほた》るの墓　野坂昭如

太平洋戦争末期の神戸。節子と兄の清太は神戸大空襲で母を亡くし、親戚《しんせき》の家に身を寄せた。最初はうまくいっていたが、戦争が進むにつれて諍《いさか》いが起きるようになる。兄妹は家を出て池のほとりにある防空壕で暮らし始めた。だが、十分な食料が得られず、節子は栄養失調で弱っていく。

沈まぬ太陽　山崎豊子

国民航空の労働組合委員長として経営陣と対立した恩地元は、不条理ともいえる、八年に亘《わた》る左遷に遭う。勤務先はカラチ、テヘラン、そしてナイロビにまで及んだ。一方、組合の副委員長として恩地と行動を共にしてきた行天四朗は、堂本常務の言葉によって恩地と袂《たもと》を分かつことになる。

点と線　松本清張

九州香椎の海岸で男女の死体が発見された。男はある省の課長補佐佐山。女は赤坂の料亭「小雪」の仲居お時である。警察上層部は心中事件として処理した。しかし、香椎署の鳥飼重太郎刑事は、佐山の所持品から事件に疑問を抱き、一人で捜査を始めるのだった。

二銭銅貨

江戸川乱歩

「私」と友人の松村武は貧乏のどん底にいた。そのころ、芝区の工場から五万円を盗んだ泥棒が、金のありかをを白状しないまま監獄に送られたという事件が世間を賑《にぎ》わせていた。ある日松村は「私」が机の上に置いていた二銭銅貨を眺めて、何やら考えていた。

おわりに

「本を読む」ことの意義とは何でしょうか。

「マンガばかり読んでいないで本を読みなさい！」「マンガだって本だ！」そんな、不毛な問答を繰り広げたことはありませんか。確かにマンガだって本です。しかし、活字だけで繰り広げられる物語は、それとは異なるものがあるのではないでしょうか。

思うにそれは、エンパシー（感情移入）の度合いの違いではないかと考えるのです。あなたは名作を読むうちに、自然と作家のつむぎだす世界の虜《とりこ》になり、あなたが主人公の目線でその人生を生きたように読みきった作品も少なくないはずです。

活字の海で溺《おぼ》れることなく、波を乗り切ったあなたの人生という物語には、あなたがその人生を共に生きた主人公たちがいつもそばで見守っていることを、いつまでもいつまでもお忘れなく――。

著者略歴

中嶋 毅史〈なかしま たかし〉

福岡大学人文学部文化学科卒。

〈執筆箇所〉

・江戸期文学年表　・明治期文学年表　・大正期文学年表
・昭和期年表　・雨月物語　・吾輩は猫である　・舞　姫
・にごりえ　・たけくらべ　・蒲　団　・野菊の墓　・三四郎
・雁　・武蔵野　・牛肉と馬鈴薯　・高瀬舟　・檸　檬
・地獄変　・藪の中　・銀河鉄道の夜　・セロ弾きのゴーシュ
・河　童　・人間失格　・富嶽百景　・斜　陽　・風立ちぬ
・山月記　・桜の森の満開の下　・夫婦善哉　・しろばんば
・山椒魚　・黒い雨　・海と毒薬　・深い河　・城の崎にて
・暗夜行路　・細　雪　・暗い絵　・真空地帯　・忍ぶ川
・潮　騒　・金閣寺　・お目出たき人　・友情

勝木 美千子〈かつき みちこ〉

同志社女子大学大学院修了。

〈執筆箇所〉

・南総里見八犬伝　・東海道中膝栗毛　・浮世風呂　・日本永代蔵
・曾根崎心中　・好色一代男　・それから　・浮　雲
・金色夜叉　・五重塔　・高野聖　・不如帰　・こころ
・恩讐の彼方に　・山椒大夫　・明　暗　・真珠夫人　・羅生門
・さ　ぶ　・驟　雨　・壁　S・カルマ氏の犯罪　・裸の王様
・日本三文オペラ　・岬　・野　火　・父の詫び状
・火垂るの墓　・沈まぬ太陽　・点と線　・二銭銅貨

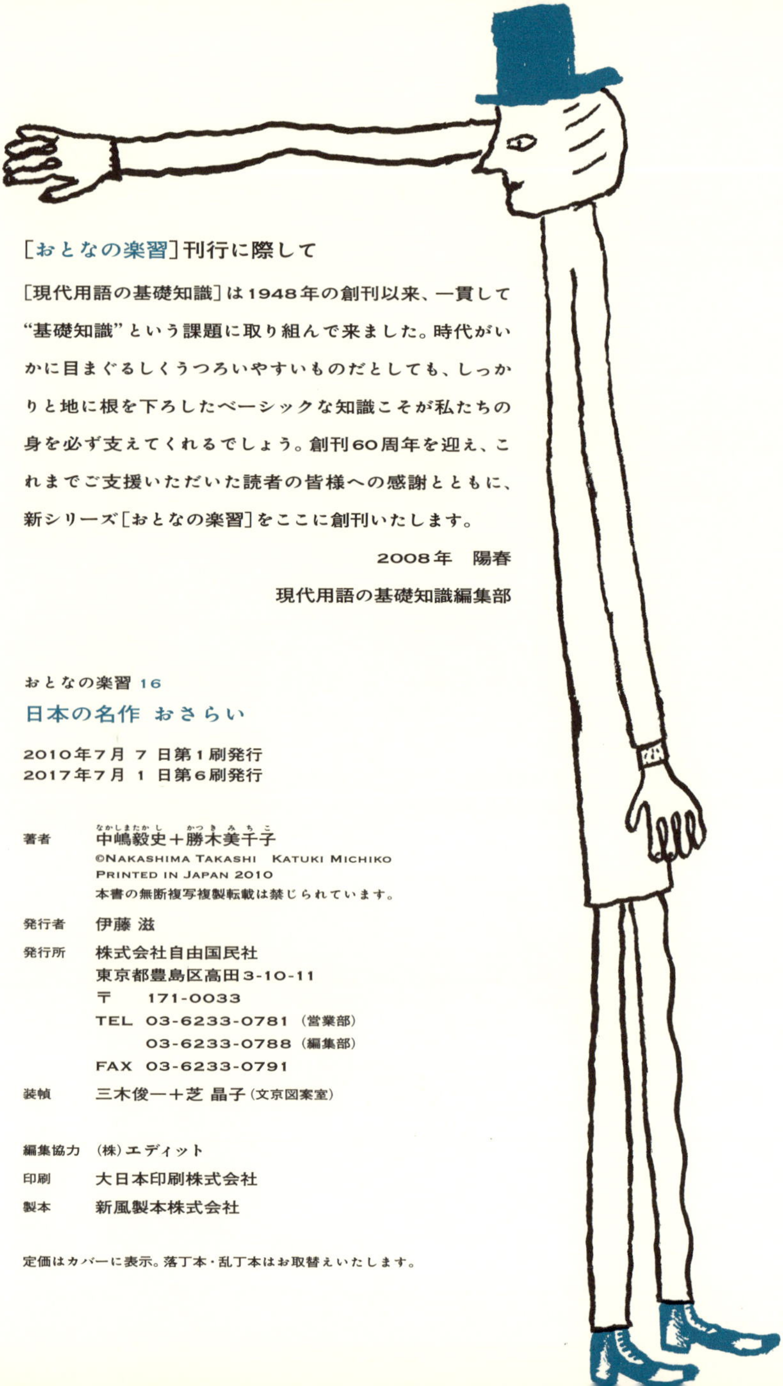

［おとなの楽習］刊行に際して

［現代用語の基礎知識］は1948年の創刊以来、一貫して“基礎知識”という課題に取り組んで来ました。時代がいかに目まぐるしくうつろいやすいものだとしても、しっかりと地に根を下ろしたベーシックな知識こそが私たちの身を必ず支えてくれるでしょう。創刊60周年を迎え、これまでご支援いただいた読者の皆様への感謝とともに、新シリーズ［おとなの楽習］をここに創刊いたします。

2008年　陽春

現代用語の基礎知識編集部

おとなの楽習 16

日本の名作 おさらい

2010年7月 7 日第1刷発行
2017年7月 1 日第6刷発行

著者　中嶋毅史《なかしまたかし》＋勝木美千子《かつきみちこ》

発行者　伊藤 滋

発行所　株式会社自由国民社
東京都豊島区高田3-10-11
〒　171-0033
TEL　03-6233-0781（営業部）
03-6233-0788（編集部）
FAX　03-6233-0791

装幀　三木俊一＋芝 晶子（文京図案室）

編集協力　（株）エディット

印刷　大日本印刷株式会社

製本　新風製本株式会社

定価はカバーに表示。落丁本・乱丁本はお取替えいたします。